提高现代文阅读和写作成绩的金钥匙

曹学林作品
阅读试题详析详解

喜欢一条小河

喜欢故乡的小河。喜欢静静地坐在小河边,看风景。

春天,小河边的柳树暴芽了,长长的柳枝随风摇曳,冬天里被割得光秃秃的芦柴根,也冒出了一丛丛嫩嫩的芦芽,许多不知名的野草从泥土里钻出来,散散漫漫地把河边斜坡上裸露的黄泥覆盖出一片片新绿。岸边的一棵桃树,带着一身的粉红,立于水光草色之中,如处子般娇嫩、美艳。刚刚解冻不久的河水被微微的春风吹着,泛起细细的波浪,潺潺地向远处流淌,水流声似有若无,如颤动的琴弦发出的袅袅余音。

我坐在小河边,虽然春寒料峭,可却感到地气的温暖,感到春阳的热度,感到万物复苏的声音,感到生命蓬勃的生长。我看柳枝，看芦芽，看野草，看桃花，看流水，看那被风吹落到水面上的几片粉红色的花瓣，看春天小河边的一切风景，忽然想起王安石的一首诗："南浦东冈二月时，物华撩我有新诗。含风鸭绿粼粼起，弄日鹅黄袅袅垂。"物华如此，虽不能如王安石般吟出新诗，但心中的诗情却如桃花流水般浓烈。

夏天，小河边被一丛又一丛的浓绿覆盖了，一棵棵柳树、槐树、杨树，一棵棵不知名的高高矮矮的杂树，一丛丛密密匝匝的芦柴，让小河的两岸蓊郁成一片绿色屏障。河水也涨高了，常有船行驶，留下一串桨声篙影和哗哗的流水声。河边高树上掩映在枝叶里的鸟窝也常常吸引着一帮孩子争相攀爬，甚至有跌下河而引来一阵哄笑的。夜晚，河边更是热闹，树上知了鸣叫，地上蛙鼓阵阵，空中萤火虫飞舞。而大人、孩子脱了衣服光着身子下河洗澡，更是夏天乡村里的寻常一景，中午或者傍晚，小河里常常满是浮动的人头、嘈杂的人声，那一河的欢乐让乡村的夏日变得多姿多彩、令人神往。

我常常坐在小河边，坐在一棵大树下。我在寻找，岸边那么多树，哪一棵是我攀爬过的、掏过鸟蛋的树？我又是把裤衩脱在哪棵树下然后纵身跃入水中的？在哪一处陡岸，我滑到深水处呛了几口水差点沉到河底？又是在哪里套过知了、钓过青蛙、捉过萤火虫？时光过去四十载，记忆依旧，欢乐依旧，神往之心依旧。

秋天，小河边绿的依然葱绿，而黄的却渐渐变黄。野草渐渐枯黄了，芦苇渐渐枯黄了，那些耐不得寒的树木的叶子也渐渐枯黄了，秋风一吹，片片黄叶掉落到水面上，好像放飞的一河纸鸢。缠绕在灌木间的藤蔓却结出了红红的果实，像散落在草丛中的一串串红玛瑙，给肃杀的秋日河边增添了几分暖色。对岸的水草边，几只长脚尖喙的水鸟在那儿飞上飞下，扑扑腾腾，又给宁静的水面增添了几分生气。

这样的季节，坐在小河边，我最喜欢看的自然是那如玛瑙样的红果，和那在水面上扑腾的水鸟了。年复一年，看果人已经两鬓斑白了，然而那红果仍一如既往地火红，我摘一粒放进口中细细咀嚼，甜丝丝，酸溜溜，一如孩提时的滋味；年复一年，赏鸟人已经皱纹满面了，然而那水鸟仍在那棵水草边飞上飞下、扑扑腾腾，仿佛扑腾着的仍是几十年前的那只水鸟，或者是那只水鸟的子孙后代？在我一次次坐在小河边的时候，在我凝视着这些小河风景的时候，时光仿佛停滞了、凝固了，我的一颗心也仿佛回到了少年。

冬天，小河边也渐渐地变得萧瑟。草木完全凋零，树木光秃秃地兀立在坑坑洼洼的河坎上，缠生在树上的豆荚蔓、丝瓜藤上尚有几只遗落的老豆荚、丝瓜络悬挂在树枝上，随风摇摆。水边上的一丛丛芦柴也被割去，剩下高低不齐的柴根从水中冒出，几支未被割尽的枯黄的芦叶倒伏在水面上随水流晃动。然而，一场大雪过后，小河边又别是一番景象了。两岸河坡全被冰雪覆盖，每一根树枝，每一片草叶，都成了银枝玉叶，不宽的水面上结了一层薄薄的冰，像给小河镶上了一层玉玻。要是天气继续冷下去，冰就会越结越厚，待到人能在上面行走的时候，小河就又成了孩子们的一处天然溜冰场了。

那时候，我也是那溜冰孩子中的一员，我也曾抓起一团雪掷向我的伙伴，我也曾在冰面上滑倒，甚至差点掉到冰窟里。但我更多的时候是站在岸边看，特别喜欢一个人坐在河边码头的石

3

阶上，静静地看那河岸，看那河面，看那河边的树，看那一河的冰雪。寒风吹在我的身上，雪粒飘进我的颈里，妈妈在岸上呼唤，可我仿佛与小河融为了一体，<u>我的魂儿似乎离开了我的肉体，在那冰清玉洁的童话世界里飘游……一直飘游了四十多年，一直飘游到今天！</u>

喜欢故乡的小河，喜欢静静地坐在小河边，看风景。春夏秋冬，年年岁岁。

(载2012年6月15日《文艺报》)

1. 请用简洁、恰当的文字概括出文章的主要内容。

2. 文章描写了一条小河的四季美景，主要运用了哪两种表现手法？请分别举例并分析其表达效果。

3. 结合文章有关内容谈谈你对画线句子的理解。

4. 作者对不同季节的小河都很喜欢，你最喜欢小河的哪个季节？请说明理由。

参考答案：

1. 作者以浓重的笔墨、饱满的激情，描绘了故乡一条小河春夏秋冬的不同风景和"我"在小河边的活动以及小河给"我"带来的快乐，表达了"我"对小河的热爱和对故乡的思念之情。

2. 排比。举例：第三段第一句中的四个"感到"。表达效果：(1)抒发对春天的由衷赞美之情；(2)对春天到来的感受富有层次感；(3)读起来节奏感强，易于上口。

设问。举例：文章第五段写夏天小河时连用四个设问句。这些设问只问不答，答案就包含在问句中。表达效果：(1)通过回忆逐步展开自己少年时代在小河边上的快乐生活画面；（2）吸引读者——了解小河边上的景致；（3）更能突出作者对小河的喜爱。

3．（1）小河对"我"的强大的吸引力；（2）小河在"我"的记忆深处是那么的纯洁美好；（3）运用反复的修辞手法，强调"我"对小河的深切思念。

4．示例一：喜欢春。理由：（1）春天富有生机，充满着生命力；（2）春天的世界五彩缤纷；（3）春天能够激发人的诗情。

示例二：喜欢秋。理由：（1）有果实品尝；（2）能够赏鸟；（3）小河边的风景很美。

泥土的声音

在乡村，泥土的声音无处不在。

当农民赶着耕牛下地犁田，尖利的犁刀插进地里，那原本沉默着的泥土，立即就会扭动起来，发出快乐的声音："哧噗……哧噗……哧噗……"这是蛰伏了一冬，渴望翻身的声音，这是等待了一冬，渴望打滚的声音。听着这样的声音，满脸喜气的农民手上的牛鞭会挥舞得更高、更响："叭——！驾——！"而那头牛也会在田垄间走得更欢，踢踏得泥土欢声一片。

当插秧的村妇俯伏在水田里，握着秧把，将秧苗一棵一棵地插下时，手与泥土的接触就发出了好听的声音："叮——咚——叮——咚——"，这时的泥土是温软的，它被水浸泡、滋润着，它的声音是由水伴奏的，清脆，绵柔，有音乐的节律，但它又是柔中有力的，只要秧苗的根部一碰到它的身子，立即就会将秧苗接纳过去，让它亭亭玉立于水中。

当罱泥的汉子将罱网探到河底，使劲地罱起一罱泥，提着倒进船舱，<u>那"哗啦"的响声简直就是长期沉淀在水底的泥土突然跃出水面之后的大叫。这是泥土最开怀的声音，最赤裸的声音。不见天日真是太久太久啦！早就该上岸看看，早就该到地里去看看，早就该发挥一下自己的作用，为麦子，为稻子，为所有的作物，增添一点肥力。</u>

当金秋收获季节来临，人们将地里的稻子收割下来，运到打谷场上，用脱粒机脱下谷粒。那田野里的割稻声，那田埂上挑稻把的号子声，那打谷场上脱粒机的轰鸣声，那男人女人老人孩子的欢笑声，汇成的是大地丰收的交响。这是泥土一年中最骄傲的时候，这是泥土一年中发出的最动听的声音。

……

我喜欢听泥土的声音。我跟在犁田的老牛后面，听那泥土翻身的声音，我还会抢过犁田人的牛鞭，在牛屁股上抽上几鞭，让牛跑得更快些，让泥土翻动得更快些，让那泥土的声音"哗哗哗"得更响些。我跟在妈妈的身边，与妈妈一起插秧，听那秧苗入水的声音，感受那手与泥土接触的舒软感觉，我还会抓起一把泥，扔向远处的小伙伴，听那对方被击中的声音，自己也被扔得一身的泥水。我跟着罱泥人上船，听那河泥出水的声音，我还会帮着罱泥人提罱，我会钻在船舱里，扒出一块又黏又软的泥块，坐在船帮上，捏一个泥人，然后教泥人说话、唱歌。我跟在挑稻把的队伍后面，学着那些男人响亮地打着号子，我还曾混进打谷的人群里，抓起一把稻子塞进脱粒机里，差点连手都吸进去，遭到大人们好一顿责骂。

我喜欢听泥土的声音。我常常匍匐在地上,把耳朵贴在地面上,我想听到泥土的呢喃,听到泥土的说话。刚开始,我听到的是"嗡嗡"的声音,后来我又听到有"嘶嘶"的声音,我就认定是蚯蚓在叫,是蚯蚓在唱。而蚯蚓钻在地下,蚯蚓的声音就是泥土的声音,蚯蚓是泥土的精灵。再后来,我又听到许多的声音,有的声音在树根下,有的声音在墙角旁,有的声音在田埂边,是蟋蟀叫,是青蛙叫,是蛇叫,是蚂蚁叫,是各种不知名的小虫叫。而所有这些声音,我都认为是泥土的声音。没有泥土,哪有世界上的万事万物!

这些都是我小时候留存下来的关于泥土的声音的记忆。然而现在,我对泥土的声音倒隔膜了,因为我听不到了,我生活在钢筋水泥的城堡里,我见不到泥土了,我触摸不到泥土了,我的手,我的脚,我的身体,都与泥土睽违了。我怎么会听到泥土的声音呢?我的耳朵也似乎被各种各样的嘈杂浮华之音弄得有点听力下降、失去感觉了。

有一天,我做了个梦,我梦见自己俯伏在地上,耳朵贴着泥土,可是不管我怎样使劲听,就是听不见一点声音。后来终于听到声音了,却是从远处呼啸而来的汽车的轰隆声。原来,我不是俯伏在那松软的泥土上,而是俯伏在水泥道上,差点被一辆擦身而过的汽车碾轧,惊醒过来时,浑身大汗。

我决定,要回一趟乡下,去亲近我的泥土,去听一听久违的泥土的声音。

那天,我一个人回到老家。适逢农村大忙。父亲、母亲、哥哥、嫂嫂都在地里干活,我二话没说,立即脱掉了鞋袜,光着脚下了田。那块田已经用拖拉机犁过，但田边地角没有犁到，必须用钉耙再筑一下。这是一个体力活，我拿起钉耙，筑起来。一块块泥土被我翻起，敲碎。我用手扒一块泥土，放在鼻子上闻闻，放在耳朵边听听，我又闻到了泥土的味道，我又听到了泥土的声音。

晚上，我留在了老家。但我没有睡在屋内，而是执意用门板在屋外的瓜棚下搭了一张床。我躺在上面，眼睛看着天上的星星，耳朵听着田野里的声音。

"咕咕咕——"是青蛙叫。

"吱吱吱——"是知了叫。

"嗡嗡嗡——"是蚊虫叫。

"哞哞哞——"是牛儿叫。

"嘶嘶嘶——"是蚯蚓叫。

……

所有的声音融汇在一起成为天籁，而这正是自然的声音，泥土的声音。我就在这天籁之音中静静地睡着了。

(载《散文选刊·下半月》2017年第11期)

1. 作者说"在乡村，泥土的声音无处不在"，请概述一下作者写了哪些泥土的声音，为什么说这些声音是泥土的声音？

2. 作者在文章中，使用了许多拟声词，请找出来，并说说这些拟声词的作用。

3. 请说说画线的句子使用的是什么修辞手法？

4. 作者做的那个梦，有什么隐喻意义？作者要去"亲近我的泥土，听一听久违的泥土的声音"，表达了什么样的情怀？

参考答案：

1. 写了犁田、插秧、耥泥、收割时的声音，写了泥土中蚯蚓、蟋蟀、青蛙、蛇以及各种不知名的小虫、各种动植物的声音。所有这些声音都是自然的声音，都是泥土的声音。因为泥土是生命之母，没有泥土，就没有世界上的万事万物。

2. 使用的拟声词有："哧噗""叭——驾——""叮——咚——""哗啦""嗡嗡""嘶嘶""咕咕""吱吱""哞哞"等。使用拟声词，能形象地表现声音的特点，使语言生动、可感，让人产生联想，身临其境。

3. 拟人：泥土跃出水面之后大叫、发出"开怀""赤裸"的声音，感慨"不见天日真是太久"，等等；排比："早就……早就……早就……，为……为……为……"。

4. 隐喻"我"已脱离泥土，与泥土暌违，与泥土隔膜，泥土将会对"我"惩罚，这是对"我"的一种警示。作者要去"亲近泥土"，倾听"泥土的声音"，表达了一种"回归本真、热爱故土、感恩大地"的情怀，正如艾青所说："为什么我的眼里常含泪水，因为我对这土地爱得深沉！"

河滩上的月光

庄子的后面有一片河滩。河滩上长满芦苇、青草。这芦苇和青草长得很怪，芦苇长在四周，青草长在中间。芦苇如墙，青草如毯。夏天，芦苇长得很盛的时候，人钻在里面，外面一点都看不见。

这一秘密是庄子里的几个孩子发现的。领头的叫小划子，为什么叫这名儿，据大人说，是因为他妈把他生在了小划子船里。跟着小划子一步不离的还有萝卜、芋头、菜秧、狗子。菜秧是个女孩，但也像个男孩一样，整天与他们一起疯疯癫癫。

有一天放学后，小划子领着他们来到河边钓青蛙。他们找来竹竿，装好钓线，绑上蚯蚓，放入芦苇草丛中不停地抖动。青蛙看到蚯蚓，就会跳过来一口咬住。这青蛙有个特性，只要咬到蚯蚓，绝不松口，这时提起钓线，就能手到擒来。小划子、萝卜负责钓，芋头、狗子负责捉，没有装青蛙的袋子，他们就把书包腾出来，书本统一交菜秧保管。钓着钓着，渐渐进入芦苇的深处。这时小划子首先叫起来："哇，这儿有块草地啊！来，大家坐下歇歇。"几个人就坐下来。刚才钓青蛙过于兴奋，现在一坐下来就感到有点累了。坐了一会儿，谁也不愿起来。柔软的青草密密匝匝，像绿毯一样铺在河滩上，仰躺在上面确实也很舒服。五个孩子竟然躺下来打起瞌睡来。

当他们被四处的蛙声、被飞舞的萤火虫惊醒的时候，天上已经挂起一轮月亮。河滩、芦苇、草地、河面在月光映照下，笼上了一层淡淡的雾气，一切都变得看不清楚，一切都变得神秘莫测。首先哭起来的是菜秧："我……怕……我要……回家……"然后接着叫起来的是芋头："青蛙……青蛙……怎么都……都没了？……"原来睡着时青蛙都从书包里逃跑了。小划子比他们大几岁，是他们的头领，虽然心里知道这回惹祸了，回去要挨揍了，但他没有哭，也没有怕，他要像个男子汉一样，把他们都带回家。

这时小划子说："大家不要怕，这地方离家不远，就在庄子后面。青蛙跑了无所谓，可我们发现了这个好地方呢！又可睡觉，又可看月亮。要是以后想逃学了，不想上课了，我们就可以到这里来。你们看，那月亮多亮，多圆！这河滩上的月光多美！这是属于我们的，谁也不要告诉！现在，我们一起回家！"

这个晚上，庄子上五个人家的父母都在外面奔走寻找了大半夜。当他们疲惫而绝望地回到家中，看到身上沾满泥迹草屑的孩子不知从哪儿冒出来的时候，首先上去就给了他们一个巴掌，然后又踢了他们一脚，最后舍不得了又把他们抱到怀中："你们在哪儿的呀？把我们吓死了！你们这些不省心的东西，一天到晚不好好上学，只知道玩，看我不打死你呀！"

尽管挨了父母打骂，但五个孩子都没有哭，也没有说出在哪儿的。他们还想再一起到那河滩上去看月亮呢。

再次到河滩上去，是在一次上晚自修的时候。农村学校，到初中时就开始上晚自修，但抓得并不紧，有时有几个孩子没来，老师也不过问。这天下午放学的时候，小划子叫芋头通知萝卜、狗子和菜秧，晚上利用上自修时间再次去河滩，并且叫每人都带点吃的东西，到时在河滩上来个"月光野餐"。

上了半节晚自修课，胡乱地把几道题目做完，小划子、芋头、萝卜、狗子、菜秧就先后溜出教室，在校门外的一棵老杨树下集了中。他们像《敌后武工队》上的鬼子兵，偷偷摸到庄子后面的河滩上。这次，小划子带了只手电筒，进入芦苇丛中时，按亮电筒照明。有了亮光，几个人不再感到害怕。他们进到里面，在草地上坐下来，抬眼看看天上的月亮，发现今晚的月亮特别大、特别圆、特别亮，心中激动不已。他们把书包摊在草地上，把带来的吃的东西放到上面。面对着满河滩的月光，开始了一生中的首次"月光野餐"。

吃的东西只是黄瓜、茄子、西红柿、玉米之类，没有什么精细高档的食品。但五个孩子吃得很香，很甜。你吃我的，我吃你的，相互交换着吃，谦让着吃。吃出了少年纯真的友情，吃出了乡村生活的快乐。

这时，小划子说："想想看，我们将来都想干什么？"

"干什么？划子哥想干什么我就想干什么！"芋头抢先说。

"不行不行，大家说的都不许一样！"小划子说。

"不一样？那我干什么呢？"芋头想了下，说，"我想当兵，拿枪打敌人！"

"我想做个医生，就在我们大队做个赤脚医生。我奶奶身体有病，到时能帮我奶奶打针，治好奶奶的病。"菜秧说。

萝卜笑起来："你还想当医生，自己打针都吓得哇哇哭，还帮别人打针。"

狗子说："我爸爸叫我回家种田，反正我成绩也不好，下学期我可能就不上了。"

萝卜说："我也可能上不成学了，爸爸要送我学木匠呢，爸爸说，荒年饿不死手艺人。"

大家都说了，只有小划子没有说，就都问他："划子哥，你不要只顾看月亮，你还没有说你将来要干什么呢？"

小划子说："你看那月亮，多圆，多亮！你们都听说过嫦娥奔月的故事吧？我想啊，要是将来我能飞到月亮上去那该多好啊！"

大家都笑起来："你这是做梦呢！"

小划子自己也笑起来："是啊，我这是做梦呢！"

这次河滩"月光野餐"之后,他们就再也没有来过。而关于长大了将来做什么的话题还真的大多应了验。多年之后,已经是嫦娥探月工程科研技术人员的小划子回了一趟家,种田大户狗子做东接待了他,同时请来了在镇卫生院做医生的菜秧、做木匠包工头的萝卜和从部队转业回来在镇政府工作的芋头。他们在狠狠地喝了一场酒之后,又一起来到了当年庄子后面的那片河滩。依然是一个月光之夜,满滩的芦苇在夜风吹拂下摇曳。那片草地就像一块圆圆的大月,被芦苇包围在中央。当年的情景,既是那么遥远,又仿佛就在眼前。

(载 2012 年 11 月 23 日《文艺报》)

1. 本文在整体结构上有什么特点?
2. 本文在语言上最大的特色是什么?
3. 画线的这段话在全篇中起着什么作用?
4. 你将来想干什么?你有梦想吗?请说说你的梦想。

参考答案:

1. 一是首尾呼应,开头落笔点题,紧扣"河滩",描写河滩的芦苇、月色,结尾又回到"河滩",又描写河滩的芦苇、月色,"当年的情景,既是那么遥远,又仿佛就在眼前";二是详略得当,写了三次去河滩,第一次是发现河滩,较详;第二次是去河滩进行"月光野餐",最详;第三次是多年后再次重访河滩,简略,详写处尽情挥洒,略写处惜墨如金。

2. 人物对话的运用。全篇人物对话有 17 处之多,在写"月光野餐"时,差不多大部分内容都是对话。不仅推动了故事情节的发展,而且符合人物的性格，增加行文的活泼，凸显人物的个性和形象。

3. 起着画龙点睛的作用：一是为结尾埋下伏笔，小划子最终成为嫦娥探月工程科研人员，正是缘于他从小就有"飞到月亮上去"的梦想；二是点明文章主题，少年时代虽然顽皮，虽然贫穷，但却充满纯真的友情，充满对未来的憧憬；三是提升思想境界，心有多远，未来的天地就有多广阔，从小立志，长大成材。

4. 各人根据自己情况，说真心话，讲"少年梦"（略）。

雾中虾趣

故乡虽不属水网密布的里下河地区，但也有好几条河道纵横交错着从村中流过。有的河道较宽，连通着外面的大河；有的河道则较窄，几乎就是小水沟，河岸两边长满灌木、荻草，这样的小河里，既不能行船，也不能洗澡。这不怎么流动的小河里，鱼虾却多，小时候，我们在此扒虾的情景，至今难忘。

扒虾都是在冬季下雾的早晨进行，所扒的是一种小草虾，大约只有一寸长、米粒粗细。扒虾的工具是一个像畚斗样的扒口，用细密的麻布或塑料网缝制在一个弯曲如畚斗口的木框上，上面固定一长柄。手握长柄，将扒口伸入水中，然后用力按住扒口，从水底向上拉，鱼虾就会进入麻布或塑料网做的"口袋"内而被扒上来，再倒入淘箩内。

为什么要在有雾的冬天早晨扒虾？至今我都不甚清楚，好像是有雾的冬天，气温相对高些，虾都聚集到了水边，能多扒到虾。扒虾也有技巧，将扒口放入水中向上拉时，按劲既不能大，也不能小，过大，会将水底的泥沙扒进扒口中；过小，扒口压不到水底，浮在水中，虾会从扒口与河底的间隙中溜掉。所以，扒虾时手上既要有一定的压劲，又要有一定的悬劲，还要注意轻放快提，放重了，会吓跑虾，提慢了，入了扒口的虾也会逃走。

扒虾的有老人、妇女和孩子。冬天有雾的早晨，一条小河边会有四五个扒虾的人。大家都被雾包裹着，谁也看不见谁，却听得见轻轻地向水中放扒口的"扑通"声和向上提扒口的"哗啦"的水声。也有不小心滑落到水里弄湿了鞋子、衣服而早早回家的；也有一直扒到雾气散尽太阳出来的。有时运气好，能扒半淘箩，也有时只能扒到一点点。

小草虾扒回去后，倒在筛子里，将杂物草屑拣尽，然后放在锅中炒一炒，火不能大，只要虾红了就行。再将炒红的虾拿出来摊在筛子里放在太阳下晒。晒干了，用塑料袋装起来，作为做菜的材料。烧豆腐、炒白菜、焖蛋，等等，都可以放一把小虾在里面，味道香极了。扒一冬天的虾，足以吃一年。在那个年代，这可是非常珍贵的美味佳肴。也有的扒了虾舍不得吃，拿到集上去卖。不管价钱贵贱，总可以卖到些钱贴补家用，过年时甚至可以为孩子做上一件新衣服。

我在我们那个村里可以说是扒虾的能手。不但会扒虾，我还会制作扒虾的扒口。村里几个小伙伴的扒口都是我帮他们制作的。<u>后来我发现，帮他们做的扒口越多，扒虾的竞争对手就越多，这对我多扒虾大为不利，所以我就不再帮他们做了。为此，几个小伙伴好长时间都不理我呢。</u>

有一天，雾气很大，天刚蒙蒙亮，我和弟弟就起床了，我扛着扒口、弟弟拎着淘箩，我们一起来到一条小河边。天气很冷，虽然穿着棉衣棉裤，戴着帽子和手套，还是冻得有点抖抖的。我们找好位置，顺着河边，由南向北，一下一下地扒起虾来。因为扒虾的动作幅度大，又消耗体力，我不一会儿就有点热起来，领头上甚至冒出了汗，帽子也摘了下来。弟弟却冷，他拎着淘箩跟在我的后面倒虾，手套不好戴，我每扒一扒口上来，不管有虾无虾，虾多虾少，他都要用手翻动扒口的网兜，把虾捡到淘箩里来，手就冻得像红萝卜。弟弟想跟我换，他来扒，我来捡。可他扒了两下，扒不动，方法也没有掌握，只好作罢。我就叫他戴上手套，不要他捡，只要帮我拎淘箩。我自己扒，自己捡，这样虽然慢些，可毕竟免去年幼的弟弟挨冻。

我们弟兄俩就这样在浓雾笼罩的河边扒虾，雾气如牛乳一样飘浮在河面，一会儿稀薄透明，一会儿浓郁稠密，时而洁白如玉，时而灰淡若无，时而从水面上升起，时而又从天而降，变幻莫测，飘忽不定。人置身其中，也变成了雾人，头发、眉毛都变成了白色，身上也像长了一层白毛。

太阳渐渐升高，气温渐渐变暖，雾气渐渐散去，当我们扛着扒口拎着半淘箩虾离开河边，走回家去的时候，我们的一颗心就像淘箩里蹦跳的小虾，那种欢快与喜悦是旁人所无法想象和体会的。当我人到中年以后，仍难以忘怀少年时代的这段扒虾的经历。那一片如牛乳样的雾气仍然在我的生命中飘浮，如一幅画，如一首诗，如一支歌。

（载 2013 年 3 月 18 日《文艺报》）

1. "雾中虾趣"这个标题，对统领全篇，有着什么好处？

2．作者为什么要细细描写扒虾的工具、扒虾的方法、扒虾的过程，这对我们写作文，有什么启示？

3．画线句子写"我"不愿帮小伙伴做扒口，这对表现"我"的形象会不会有损害？怎样理解作者所写的这段话？

4．写文章有"文眼"之说，如果要找这篇文章的"文眼"，你觉得是哪句话？找出来并简要评述。

参考答案：

1．"雾中虾趣"，点明了主要情节发生的环境和故事内容。少年时代迷蒙中的捕虾场景，时隔多年以后，反倒愈加清晰。标题与内容产生了张力，愈加表现出"我"对童真、童趣的怀念，对儿时天真、自在生活的留恋。

2．让人有身临其境之感，突出"虾趣"之所在，同时还能让人了解扒虾的知识，引起读者强烈的兴趣。对作文写作的启示：注重观察、积累，做生活的有心人，处处留心皆学问。

3．不会有损害。相反，小孩子的小算计、小脾气，多年后再看竟也是趣味无穷。也许因为我们再也回不去了，也许因为儿时太纯真，就连小算计都成了天真烂漫的表现，并且不忍苛责。

4．这篇文章的"文眼"是最后结尾的一段话："当我人到中年以后，仍难以忘怀少年时代的这段扒虾的经历。那一片如牛乳样的雾气仍然在我的生命中飘浮，如一幅画，如一首诗，如一支歌。"少年的天真烂漫，如诗、如画又如歌的生活，经由诗意点染，在一次次的回忆中，生命得到了滋养和充盈。这应该也是作者写这篇文章的目的所在。

一条游向老家的鱼

有人在喊,声音不很清楚,人影也有点模糊,似乎喊的是我的乳名,似乎有什么急事在唤我。谁呢?——哦,是父亲,正站在老宅门前向我招手呢。竹子一丛丛在屋后立着,知了在河边高树上嘶鸣。我向老家奔去,可两腿沉重得一步也迈不开;我大叫着"爸爸",可嗓子眼儿像被堵住发不了声。我只能跳到河里,变成一条鱼,拼命地向前游。父亲好像也跳入水中,也变成一条鱼。离我很近,又似离我很远,我总是抓不到他。心中一急,倏然惊醒——原来做了个梦。

思绪如一只"吱吱"鸣叫的蝉,穿过夜空,真的飞回了老家,飞回了那个生我养我的、住着我年迈双亲的老家。

想到老家,心中却生出不安和愧疚。父母不愿随儿女进城,他们住惯了那个生活了一辈子的"老窝",在那里舒心、自在。儿女在满足他们心愿的同时,理应"常回家看看"。可就是这个唱着感人、说着轻巧的五个字,做到却不易。远在天涯姑且不论,近在咫尺也难有归期,一个"忙"字常成托词,其实哪里就忙得回家看父母的工夫都没有了呢?即如我,家离不远,只要愿意,用不了一小时,就可与它亲近。可是半年多来,我只回去过两次,用于陪伴父母的,用于跟父母说话唠嗑的,加起来不到一天的时间。

再近的家要是不回,也无异于远在天涯啊!

梦中父亲已在呼唤:归去!归去!

然而，还没来得及安排归程，翌日下午，家里突然打来的一个电话，却让我立即就往家赶，而且是叫了120急救车，在傍晚天色将暗、天气闷热得将要下起雷雨的时刻，回去了。

父亲病了，躺在床上，发寒发热，上吐下泻，连一点站的力气都没有。中午还在地里薅了黄豆草的，吃午饭时人还好好的，下午突然就犯病了——电话里大嫂说得急迫，说得让人惊骇。这大热的天，莫不是中了暑，或者食物中了毒？要知道，父亲已是八十岁高龄，可不能出什么意外啊！

急急忙忙，将老父接到城里，住进医院，请来医生会诊、治疗。等一切都安顿下来，得知没什么危险后，我才细细询问父亲生病的缘由。而这一问，让我猛然醒悟，因为不常回家，我对老人的生活了解得实在太少。他们每天在干什么？心里在想什么？每天吃的是什么？他们有了一点头疼脑热身体不适是不是能撑就硬撑着？是不是一切还都想自己扛着不愿给子女增添麻烦？……这些，我竟都不知道，竟都忽略了！

父亲在医院住了几天，这让我有了一次照料、陪伴父亲的机会。母亲在家不放心，要来医院，我将母亲也接过来。母亲生过大病，身体一直很瘦弱，但她来了就不肯闲着，还叫我晚上回家，有她在这里就行了。我不让母亲操心，只要她陪着父亲就行。晚上，病房里静下来，我就跟父母说话。我说地已经流转给种植大户了，哪里还有黄豆田呢？父亲说是河边的一点废地，荒在那里可惜，就种了点黄豆，长得不错呢，估计能打几十斤黄豆呢。父亲说完笑了，笑得还有一点得意。母亲说，我叫他不要弄，他一定要弄，那天中午，死热的天气，他一定要去薅草，回来吃饭时就喊头有点晕，不过不弄点活计做做，你叫他在家闲

19

着，难过呢。母亲还说，已经发热发寒泻肚子了，他还跳到河里去洗了一个澡。父亲说，不到河里去洗怎么办？身上都脏了……我本想说说他们，但又不知如何开口。<u>我能责备他们吗？我能说为了几十斤黄豆弄出病不值得吗？一辈子跟土地、庄稼打交道，勤劳、俭朴惯了的人，你怎么能够让他割断跟泥土的那份情？你怎么能够改变他那已经深入骨髓的秉性？</u>只是父亲"跳到河里洗澡"这件事让我心惊，我在梦中分明见到父亲也跳下了河，难道这是父子之间的一种心灵感应？

看着老迈、瘦弱的父亲、母亲，看着他们脸上流露出的不甘和无奈，看着他们那既不想给儿女增加负担又不得不依赖儿女的神情，我的心中说不出的滋味。我想，每个父母都希望子女能"远走高飞"，能走到更远、更广的天地，可作为子女，在父母年老之后，最大的孝顺、最好的感恩是什么呢？无疑是能多多回到父母身边，多多陪伴自己的父母！

晚上，躺在医院病房里，听着父母轻微的鼾声，我渐渐入睡。我又做了一个梦，我真的变成了一条鱼，摆着尾巴，向一个叫作老家的方向游去。

（载2017年1月12日《中国文化报》）

1．"我"跟父亲的"心灵感应"是什么？

2．本文中，"鱼"有什么隐喻意义？作者为什么说"我"变成了"一条游向老家的鱼"？

3．画线的这段话，在表现手法上有什么特色？

4．请以"感恩"主题，写一段"我与父母"的故事。

参考答案：

1. 我在梦中，梦到父亲跳下了河，而现实生活中，父亲确实因为生病泻肚子，跳到了河里去洗身子。

2. "鱼"实际上隐喻作者那颗水淋淋的思乡、思亲、眷念故土之心。一条鱼是自由的，它可以游向四面八方的河流，游向大江大海，然而，终将有一日，它会游回它的老家，那片与它血脉相连的水域。

3. 运用了设问、排比的手法，把儿子对父亲那种难以言说的情感表达得淋漓尽致。

4. 各人从自己的生活中选材，注重一个"真"字：故事真实，表达真情。（略）

桥的故事

老是在梦中出现那座桥。尽管河已干涸，桥早不存。

那是一座木桥，横跨在村前那条河上。桥面很窄，由三块木板拼成，五六十公分，河道很宽，两岸相距有十几米。桥分三段，中间有两道人字形桥桩。因桥板薄，每天人在桥上走，天长日久，桥板向下弯成弓状，让人感觉随时都会掉下去。由于河里船多，桥桩常被撞坏，有时发大水，桥板、桥桩也会被冲走。这时，村里就会安排人抢修，砍树的、拉锯的、打桥桩的、架桥板的，不到半天时间，就会将桥修好。村里人离不开这座桥。

我在很小的时候，唯一不敢走的就是这座桥。我常常一个人站在桥头向对岸张望，我感到对岸很神秘。为什么这么多人要从桥上向对岸走去呢？为什么早上从这座桥上出去的人晚上回来时会带回花布、糖果呢？我真想自己能快点长大，也能从这桥上大摇大摆地走过。有一天，我大着胆子，试着踏上了桥板。我从岸边慢慢往桥上移，移到快中间的时候，我往桥下一看，吓得胆战心惊，脚下的桥板好像晃动起来。我想回头，可连转身都不敢，只得小心地蹲下身子，趴到桥板上。我多想此时能有过桥的大人啊，可桥两边一个人也没有。我只好往回爬，待爬回岸边时，浑身泥巴、鼻涕，满手污黑。从此，我再也不敢贸然上桥，只能是一个人站在桥边发呆。

当我渐渐地长大，一个人敢独自过桥的时候，才知道，这座桥是连接我所生活的小村和外面世界的通道。走过这座桥，可以去一个繁华的小镇；走过这座桥，可以去一所热闹的学校；走过这座桥，可以看到很多的人，可以听到很多的事；走过这座桥，可以感到外面的世界很大、很精彩。

有一年夏天发大水，雨连续下了一个多月，河水齐岸、汹涌而流。木桥被冲垮了，桥板随水流翻滚而去，只剩下桥桩光秃秃地竖在河里，东摇西摆。村民们站在河岸上，眼睁睁地看着桥板被冲走。这时，刚从部队退伍回来的银根猛地从人群中冲出，沿着河边向远处追去，直到超到桥板前面他才跳进水里，迎头拦截桥板。哪知，被水浪翻卷着的桥板一下打到了他的身上，很快水流就将他卷走了。随后赶到的村民们个个都惊呆了，他们不敢相信这眨眼间发生的惨剧。人们沿着河岸，边呼喊、边寻找，最后终于找到了银根。那块桥板自然也被打捞了上来，可银根却是用桥板抬回来的。

村民们把银根葬在桥边，还为他立了一块碑。上面也来了人,为银根写了文章、登了报,还追认银根为烈士。小村因此出了名,小桥也因此出了名。

离开家乡去外地读书前,我手捧画板,坐在小河边,面对木桥,凝神构思。我要把木桥画下来,画到我的画稿上,更画到我的心灵中。我调好色彩,手执画笔,画桥身、画桥桩、画那似弯弓的桥板、画桥下的流水、画两岸的绿树、画银根的墓和那孤零零地立着的墓碑……我带着这张画,走过木桥,与我生活了多年的小村告别,与我的父母和乡亲们告别,与小河告别,与木桥告别,走上了一条通向我未来人生的路。

多年以后,当我回家的时候,迎接我的已经不是那座狭窄的木桥,原来那条弯弯曲曲的河道已被填平,穿河而过的是一条平坦宽阔的大道。木桥的痕迹已经不存,唯有河岸边银根的墓碑尚在,上面字迹的颜色也已剥蚀,围栽在墓的四周的几株松柏在秋风中显出几分孤零和萧瑟。大道上不时有人群来来往往,有步行的,有骑自行车的,还有骑摩托车的,都是一些陌生的面孔。

我伫立在墓碑前,想,从这儿匆匆经过的人群,有几人知道,这里曾有过一条河,河上曾有过一座桥,桥边曾发生过一段悲壮的故事?

(载2003年5月17日《中国文化报》)

1. 本文写了一个什么故事?请用简短的话予以概括。
2. 文中是怎样写桥对于村庄的重要性的?为什么这样写?
3. 画线这一段写银根为抢救桥板牺牲,分几个层次来写的?在写法上有什么特色?
4. 本文结尾使用了什么修辞手法?有什么作用?

参考答案：

1．关于"桥"的故事。村子里有一座简陋却很重要的桥，它是连接村子与外界的交通要道。一次发大水，桥板被冲走，退伍军人银根跳入激流中拦截桥板，不幸被桥板砸中而牺牲。银根被追认为烈士，葬在桥边。然而，时过境迁，河已填平，桥也拆除，只剩银根的墓碑孤零零立在岸边，大路上人来人往，然而当年烈士的壮举已然被人遗忘。

2．这座桥是连接小村和外面世界的通道。走过这座桥，可以去一个繁华的小镇；走过这座桥，可以去一所热闹的学校；走过这座桥，可以看到很多的人，可以听到很多的事；走过这座桥，可以感到外面的世界很大、很精彩。这样写，为下文银根抢救桥板不幸牺牲做铺垫。正因为重要，银根的举动才伟大。

3．分三个层次来写的，第一层次，写发大水，冲坏木桥，冲走桥板，情况危急；第二层次，写银根挺身而出，跳下激流拦截桥板，却不幸被桥板砸中，被水流卷走；第三层次，写村民寻找、呼喊银根，将他从河里打捞上来，可银根已经牺牲。作者运用动词和短句，把拦截桥板和英雄牺牲的过程写得惊心动魄。动词运用准确，短句节奏感强，营造出了紧张的氛围。

4．运用了顶真和设问的修辞手法。顶真的运用使作者所要表达的意思紧紧相扣，气势连贯而下；设问能够引人关注，发人深思，不需回答，而答案就在问句之中。

把爱穿在身上

十八岁那年,我刚刚高中毕业。因有绘画特长,被镇卫生院找去绘制血防作战图。

在县防疫站同志的指导下,不到一个月时间,我就完成了全镇血防作战图的绘制任务,得到了县里领导的肯定。之后,县里决定将我镇的做法在全县推广,要我到有关乡镇去指导绘图工作,待各乡镇的作战图都绘好后,再集中绘制全县的血防作战图。这样,我大约要到县里去工作三个月。

要出远门了,我的心情非常激动。县城是什么样?那些远处的乡镇是什么样?我一点也不知道。长到十八岁,我还从没到过县城,更不要说作为一名"美术老师"去指导人家绘图了。母亲自然更加高兴,儿子有出息了,这是每个做母亲的所巴望的。然而,母亲在高兴的同时,更加焦急不安——儿子就要出去做事了,拿什么让儿子穿得体体面面的呢?母亲翻箱倒柜,也找不出一件没有补丁的衣服,到店里去买布做件新的,又实在拿不出钱。家里老老小小七八口人,在那样的年月,能吃饱穿暖就不错了,想要穿好怎么可能呢?我们弟兄四个,一件新衣服都是新老大,旧老二,缝缝补补再老三,就是到最后破得不能穿了,还要拆成碎布,用于补补丁或糊成浆子布纳鞋底。没奈何,妈妈只好找出一套稍新一点的衣裳。发现袖子上有一小块裂口,妈妈找出针线在灯下一针一针地为我缝补。补好后,又将衣服摊在桌上,用盛满开水的搪瓷杯来回烫,将一些皱皱巴巴的缝口熨平。我的母亲在为我做这些的时候，神情是那样专注。我好感动，我的眼中有涩涩的泪流出来。

慈母手中线，游子身上衣。
临行密密缝，意恐迟迟归。
谁言寸草心，报得三春晖。

我默念着几句古诗，心中暗下决心：母亲，待儿有朝一日有了出息，一定好好地报答您！

离家那天，我穿着妈妈为我缝补整齐、熨得平平展展的衣服上路了，爸爸妈妈将我送到村口。从此，我开始了人生之旅上的第一次远行。我拿着县卫生防疫站的介绍信，来到那些边远的乡镇，白天跟卫生院的同志一起调查河流分布情况，绘制血防作战图，夜晚孤身一人羁居在小镇上阴暗潮湿的旅馆里，常常彻夜难眠。有时一个人半夜起来，在陌生的小街上漫无目的地走着，每当这时，我格外地想念我的母亲，想念我那虽然贫穷但却温馨的家。我的眼前就会出现母亲为我缝补衣服的情景，我恨不得立即回到母亲身边。

这样的日子过去了一个多月，绘图工作告一段落后，县卫生防疫站放我几天假，让我回家一趟。同时，发给我一个月工资。当我从会计手中接过我生平第一笔工资时，我的手竟有些发抖了，我从来没有拿到过这么多钱啊！这是我自己的钱！这是我用劳动换来的钱！我紧紧攥着这笔钱，生怕谁抢走似的。我首先想到的就是，我要用我第一次挣来的钱，为妈妈买一件衣服！我的勤劳而善良的母亲，自打我懂事时起，可从来没有添过一件像样的衣服啊！

我直奔百货商店，在布匹柜前，千挑万选，终于为母亲买了一块的确良布料，售货员为我用纸包扎好。想象着母亲拿到布料时高兴的神态，我幸福极了。

我开始踏上回家的旅程。从县城到我家三十多里，有公共汽车可坐，但我实在舍不得花几角车票钱，我要跑回家！

许多年以后，当我回想起这一次的步行时，我都激动不已，这是我人生中第一次也是迄今为止唯一的一次长途步行。然而这唯一的一次，却够我回味终生。它所带给我的力量也将使我足以克服人生旅程上的任何艰难困苦！

那一天，我走了四个小时，从中午一直走到傍晚，从日在中天一直走到日落西山。当我蓬头垢面、疲惫不堪，终于一瘸一拐地回到家时，一家人都喜出望外，像迎接贵宾一样。知道我是跑回家的，母亲心痛得不行，执意要我脱下鞋子，让她看看，脚板有没有磨出血泡，并且立即烧了一盆热水让我烫脚。我说我给母亲带了一件礼物，要母亲闭上眼睛。母亲不知什么礼物，就把眼睛闭上。我把布料拿出来，披到母亲身上，然后数一、二、三，让母亲睁开眼睛。母亲一看我为她买了一块布料，欢喜得像小孩似的，用一双粗糙的手将那布料摸了又摸，舍不得放下。母亲可从来没有摸过这么好的布料啊！看着母亲那幸福的神情，我突然觉得，母亲还是那样年轻！

母亲将这块布料亲手做成衣服，放在箱底，只在逢年过节或走亲戚时才穿上一回。每当有人夸赞这件衣服时，母亲都要告诉人家：这件衣服是儿子为她买的！那眼角眉梢所透露出的是无限的幸福和喜悦。

（载《福建文学》2002年第12期）

1. "把爱穿在身上"，体会一下这个题目，有什么妙处？

2. 通过细节描写来表现母子之爱，是这篇文章的特色，请举两例加以说明。

3. 画线的这一段在全篇中起什么作用？

4. 该文写的是贫穷年代的母爱，对比今天的生活，谈谈自己的感想。

参考答案：

1. 题目有特色，"爱"怎么会"穿"在身上？激起读者悬念。而文中所写的正是围绕"穿"字展开，而体现的又无处不是一个"爱"字。题目既统领全篇，又升华主题。

2. 例一："知道我是跑回家的，母亲心痛得不行，执意要我脱下鞋子，让她看看，脚板有没有磨出血泡，并且立即烧了一盆热水让我烫脚。"例二："我把布料拿出来，披到母亲身上，然后数一、二、三，让母亲睁开眼睛。母亲一看我为她买了一块布料，欢喜得像小孩似的，用一双粗糙的手将那布料摸了又摸，舍不得放下。"

3. 一是宕开一笔，让行文产生波澜曲折，不至于太平；二是由感性叙述转入理性思考，升华文章的高度。

4. 各人可通过对比，各抒己见，核心要表达出珍惜幸福、感恩父母等内容即可。

父亲的幸福

　　父亲今年七十六岁了，可是父亲还没有停止劳动，还种着三亩多地。每次回到老家，只要遇见熟人，他们都会跟我说，你的父亲太辛苦了，一点儿不会享福，这么大年纪了还在地里干活，图什么呢？——是呀，父亲不少吃、不少穿，也不少钱花，子女们都在城里，他完全可以住到城里去，他有什么必要还在地里劳动呢？不要说别人想不通，有一段时间，我也很不理解。

　　父亲是个农民，劳动是他一辈子的事业。每天，他都要到他的土地上走动走动，看看庄稼长得咋样了，是否要施肥，是否要治虫。有时，他会拿了一把锹，或一柄锄头，在地里刨刨挖挖；有时，他就背着手行走在田埂上，不时蹲下身子拔去一根杂草。曾经，远在武汉的弟弟把他跟母亲一起接去住过几天，可关在那住宅楼的狭小空间里，上不见天，下不着地，父亲整天吃饭不香、睡觉不实，脾气也变得急躁。弟弟只得把他们又送回了家。而一踏上家乡的土地，一闻到那熟悉的泥土的味道，父亲立即就像变了一个人。

　　那一次，弟弟与我通了好长时间的电话。弟弟不理解，他的现代化的家怎么就不能拴住爸爸的一颗心？想叫父母在城里享几天福怎么反而像让他们遭了罪？我恍然醒悟，能在土地上转悠，能在田地里劳作，能听到庄稼拔节的声音，这才是父亲所要的幸福！这种幸福，只有父亲心知，别人难以理解，儿女也不一定明白，高楼大厦和现代化更无法给予。

父亲是一个侍弄土地的高手。如果农民也可以评职称的话，父亲肯定是"高级职称"了。农村里有些活计是不太易做的，如浸种育苗、犁田挖塪等，要是没点真本领，就做不好，不是芽发不全、苗出不齐，就是田犁得深浅不一、塪挖得弯弯曲曲。在我的记忆中，20世纪70年代，农村经常召开秋播现场会，父亲挖的塪又深又直，每次都被选为样板供人参观。而每年春天稻子浸种发芽，父亲更是成了一个总指挥，时间的控制，温度的调节，全在他的掌握之中。那几天，父亲都是睡在浸种房里，从不离开半步。至于用牛耕田、用拖拉机耕田，父亲更是一个好手。分田到户后，父亲的本领得到了更大的施展。他不但经验丰富，更讲科学种田，不管丰年灾年，他的田打的粮都比别人多。一个忙场做下来，人虽然累瘦了又晒黑，可看到那堆得高高的粮囤，心里别提有多高兴。

在我上学读书的时候，对于父亲"面朝黄土背朝天"的生活，我唯一的认识就是一个字：苦。我为了脱离这样的苦，拼命读书，最后终于离开了农村。我一直有一个梦想，有朝一日，也要让父母脱离这样的苦。所以当我和我的弟兄都在城里生活以后，我们就开始考虑把父母也接到城里，让他们在后半生也成为一个城里人。我曾叫父亲把地转让给别人，也曾想在地里都种上树木，不再种植庄稼，甚至想谁也不给，就让它在那荒着也不要紧。可是父亲始终不肯离开他的土地。

今年麦收前的一天，我回到家乡。老屋的院子里，只有母亲在忙活着。我问母亲："父亲哪儿去了？"母亲说："他到地里收菜籽了。"<u>我来到父亲的那块地里，只见父亲正弯着腰用镰刀割着菜籽秸，成熟了的菜籽被割倒在田埂边，让人闻得见菜油的</u>

香味。等待开镰的麦子，金黄黄一大片，随风涌起波浪，在阳光照射下，听得见"噼噼剥剥"麦穗胀裂的声音。我帮父亲把剩下的菜籽都割完，然后爷俩在田埂上坐下来。

我说："爸，这田还是不要种吧，看把你累的！"

父亲点上一支烟，吸一口，然后说："不种田干什么呢？总不能就这样闲着呀？"

我说："你们到了应该闲着的时候了，该享享福了。"

父亲说："干这点活不累。"

我说："还不累？看你这满身的汗、满身的土……"

父亲说："不干点活，心中就闲得慌。人老了，还有块地让你惦着，还能自己下地收菜籽、割麦子，也是一种福呢……"

我默然。

不一会儿，父亲像是自言自语，又像是说给我听："这地我不守着，我和你妈跟你们走了，这家也就没了；有这地在，有我和你妈在，你们就会回来，这儿就永远是你们的家，是你们的根……看到你们回来，我比什么都幸福……"

父亲的话说得很轻很轻，可却如雷滚过我的心头。这一天，我和父亲一起坐在田埂边，坐了很久很久，直到母亲来喊我们回家。

(载2013年6月25日《扬子晚报》)

1. 文题中"幸福"的内涵是什么？
2. 说说父亲为什么离不开土地？
3. 父亲的"幸福"与我想让父亲享受的"幸福"有什么不同？

4．画线的句子写的是什么？写得好在哪里？对表现父亲有什么作用？

参考答案：

1．"幸福"的内涵：能在土地上转悠，能在田地里劳作，能听到庄稼拔节的声音。

2．父亲一辈子侍弄土地，土地养育了我们，土地是我们的根，土地是我们的家，对土地的情结已经融入父亲的血液。

3．父亲的幸福是永远不离开土地，守着地，守着家；我想给父亲的幸福是让父母离开乡村，过上城里人的生活。父亲与我的幸福观不同。

4．写父亲在田里割菜籽劳动的情景，通过细节描写和夸张手法的运用，把父亲弯腰割菜籽的形象、油菜籽让人能闻到香气、麦穗让人能听到胀裂声音的情态，生动地凸显出来，彰显劳动给父亲带来的喜悦，对表现"父亲的幸福"这一文章主旨起着烘托作用。

一条游向老家的鱼

曹学林 著

文化发展出版社
Cultural Development Press

图书在版编目（CIP）数据

一条游向老家的鱼 / 曹学林著 . —北京：文化发展出版社，2018.11
ISBN 978-7-5142-2461-0

Ⅰ.①—… Ⅱ.①曹… Ⅲ.①散文集—中国—当代
Ⅳ.①I267

中国版本图书馆CIP数据核字（2018）第249968号

一条游向老家的鱼

曹学林 著

出 版 人	武　赫		
主　　编	凌　翔		
策划编辑	肖贵平	责任编辑	周　蕾
责任校对	岳智勇	责任印刷	杨　骏
责任设计	侯　铮	排版设计	浪波湾

出版发行	文化发展出版社（北京市翠微路2号 邮编：100036）
网　　址	www.wenhuafazhan.com
经　　销	各地新华书店

印　　刷	三河市华东印刷有限公司
开　　本	787mm×1092mm　1/16
字　　数	190千字
印　　张	13
印　　次	2019年1月第1版　2020年2月第2次印刷
定　　价	49.80元
I S B N	978-7-5142-2461-0

如发现任何质量问题请与我社发行部联系。发行部电话：010-88275710

目　录

第一辑　麦田谣

待到南风吹起来，麦秆渐渐变硬，麦穗渐渐转黄，空气中就会氤氲起一片新麦的清香。田埂边的蚕豆也逐渐成熟，那青蚕豆的味道混合着泥土的气味犹如淘气的孩子在麦垄间游走。

麦田谣　002
寻找一条田埂　005
喜欢一条小河　009
泥土的声音　012
河滩上的月光　016

谁偷了队里的玉米　020
又到割麦插禾时　024
苇箔上的笑与泪　027
梦里依稀车水声　030
雾中虾趣　033
田埂上游走的灯火　036
跳舞的泥鳅　039
诗意的罱泥　042

第二辑 一条游向老家的鱼

> 我向老家奔去，可两腿沉重得一步也迈不开；我大叫着"爸爸"，可嗓子眼儿像被堵住发不了声。我只能跳到河里，变成一条鱼，拼命地向前游。父亲好像也跳入水中，也变成一条鱼。离我很近，又似离我很远，我总是抓不到他。

一条游向老家的鱼　046
竹园垛　049
桥的故事　052
小河之恋　055
玉米秸　058
爷爷的歌谣　061
祖父的白果树　065

奶奶　067
把爱穿在身上　071
父亲的幸福　074
烙在心上的画像　077
叔公忆　081
傍晚，女儿的守望　085
殷红的番茄　088
回家过年（一）　091
回家过年（二）　094
回家过年（三）　097
回家过年（四）　100

第三辑　邂逅一场雪

　　我在雪地上漫步，我把手中的雪抛向天空。忽然，我大叫一声，撒开双腿，在雪地上奔跑起来。我仿佛变成了一个十几岁的孩子，在雪中疯闹；又仿佛变成了一匹充满活力的小马驹，在雪中撒欢。

邂逅一场雪　104
紫花儿　106
曾经绿过　108
午后的蝉声　111
路　113
没钱的日子　116
防　震　119
嘱　咐　122

骑车的感觉　124
桃树的厄运　126
桃花祭　129
倾听鸟声　132
灼　伤　135
我常常流泪　137
雨丝纷飞忆母校　142

第四辑　跟一棵树说话

　　太阳照在身上，暖洋洋的。老倔头心里也有点热热的。他变换了一下姿势，靠在椅背上，抬起头，眯缝着眼看了看太阳。然后又叹息一声：唉，老了，还说这些陈芝麻烂谷子的事干吗？

跟一棵树说话　　148
"鱼在水"　　152
老崔的爱情　　156
郑二呆子　　159
心　声　　162
三轮车夫　　165
眼镜排档　　168

路口那盏灯　　171
搓背工　　174
乡村"公家人"　　178
行走的理发匠　　183
擦鞋女　　187
冬天的夜晚　　190
一座城市和一个人　　192
月色泡桐　　194
乡村唢呐声　　199

第一辑　麦田谣

待到南风吹起来，麦秆渐渐变硬，麦穗渐渐转黄，空气中就会氤氲起一片新麦的清香。田埂边的蚕豆也逐渐成熟，那青蚕豆的味道混合着泥土的气味犹如淘气的孩子在麦垄间游走。

麦田谣

你要是在麦田里遇到了我／我要是在麦田里遇到了你／我们要是看到很多孩子／在麦田里做游戏／请微笑　请对视……

——［苏格兰］罗伯特·彭斯

只要是从乡村里走出来的人，没有谁不知道麦田，没有谁不喜欢麦田。没有谁的童年不与麦田有关，没有谁没有从麦田里得到过快乐。

春节过后，天气渐渐暖起来，麦子趁着春风春雨，一个劲儿地往上生长。今天还看得见地里的泥土，麦苗还稀稀疏疏的，转眼就变得密密匝匝的了。过不了多久，那成片的麦田就会蹿出有半人高，乡村就成了麦子的世界、麦子的海洋。待到南风吹起来，麦秆渐渐变硬，麦穗渐渐转黄，空气中就会氤氲起一片新麦的清香。田埂边的蚕豆也逐渐成熟，那青蚕豆的味道混合着泥土的气味犹如淘气的孩子在麦垄间游走。

这时候，钻在麦田里吃新蚕豆、麦嫩仁是乡村孩子的一大乐趣。放学归来，背着书包，钻进麦田垄沟，摘下一大把新蚕豆，剥去外壳，将那粉莹莹如指肚样的蚕豆米丢进嘴中，细细咀嚼，齿颊间都是蚕豆那清甜的汁液；扯下一串麦穗，去掉上面的麦芒，然后放在双手中轻轻地搓揉，那黄中带绿、晶莹如珠的麦粒就会一个个掉落下来，吹净芒壳后，继续搓揉，直至麦粒发热、发软，表皮裂开，露出洁白的浆粉，好像在锅中炒过一样，然后仰起头，张开嘴，将搓熟的嫩仁捂进口中，一股新麦的香气就会沁入你的肺腑。

立夏时躲到麦田里吃煮鸡蛋，更是乡村孩子童年最大的享受。为什么立夏要吃煮鸡蛋呢？据说，立夏吃了煮鸡蛋，就不会疰夏。这当然是一种民俗，没有什么科学根据。而且为什么又要躲到麦田里去吃呢？至今我也没弄明白。不过这个习俗确实让我们这些小孩子们喜欢。几十年前的乡村，农民极度贫穷，养几个鸡子生几个鸡蛋，根本舍不得自家吃，都要拿到店里去换钱贴补家用。平时除非来了客人，才可能吃蛋，但那是待客的，小孩子又难得吃到。只有这立夏，每个小孩一个鸡蛋，就好像是铁定了的，再穷的人家，都要想办法弄几个蛋在立夏这一天煮给小孩吃，而且一定要躲到麦田里吃。于是立夏的这一天，家家户户的小孩都会拿了煮鸡蛋或鸭蛋、鹅蛋，躲到麦田里吃起来。割麦子时往往还会看到这里一堆、那里一堆的蛋壳。

要是犯了错，怕被大人打，麦田也是躲避的好去处。我童年的伙伴土根，是一个极端调皮的主儿，难得几天不挨父母打。父母一打他就跑，夏天麦子长得很高的时候，他就钻到麦田里，半天都不出来，饭也不吃，学也不上。有时到天黑了，还不见他的人影，父母就不放心，站在麦田边，一遍一遍地呼喊："土根，你在哪儿？快回来——"声音凄厉、悠长，在乡村的夜晚回荡，在麦田的上空回荡。有一次，到了半夜，土根还未回家，学校里找过了，没有，亲戚家找过了，也没有，父母急得哭起来。大家都觉得他肯定躲在麦田里，于是一起帮着一块田一块田地找，当最后终于找到的时候，他正躺在一片麦子上睡得正香呢！身边是一大堆蚕豆壳和麦秸秆，嘴角边还粘着蚕豆皮、嫩仁屑。从此父母再也不敢打他了，而他此后竟然也像变了一个人似的，改掉了坏毛病，学习变得用功起来。不知那片麦田、那片麦子是怎样使他脱胎换骨的。

在我七八岁的时候，老家发生了一件与麦田有关的轰动全村的"丑事"。那天中午放学后，我和同庄的小兰提着篮子到麦田里扯猪草，我们来到离家较远的一块麦田，钻进垄沟，发现里面猪草很多，我们就高兴地扯起来，不一会儿就扯到了麦田中央。这时，忽然从麦田深处传来说话声，仔细一听，是一男一女，女的好像还在哭，声音很耳熟，但又辨不清到底是谁。我和小兰以为也是扯猪草的在闹别扭，想看个究竟，就轻手轻脚地往前走了几步，猛然看见有四只脚伸在沟垄边，两人好像抱在一起。我们不知他们在干什么，吓得大气儿也不敢喘，害怕被发现，急忙离开了那条垄沟，离开了那块麦田，篮子里猪草没扯满就回了家。第二天傍晚，我从集体晒场那儿经过，看到有许多人围在一起，一个披头散发、满脸眼泪鼻涕的女人坐在地上哭骂。回到家，问父母发生了什么事，父母说，东庄的小刚和南庄的月芳在麦田里幽会，两人私奔了。我想起昨天在麦田里看到的情景，就告诉了父母，父母急忙叫我别乱说，传出去不好听。我问：他们为什么到麦田里去？又为什么私奔？父母说，你还小，这些事你不懂。

那时我当然不懂，可在我渐渐长大，知道了事情的经过后，我却对小刚和月芳的举动多了一份敬佩，对麦田多了一份感动。小刚和月芳从小就在麦田里扯猪草，麦田孕育了他们的爱，可是月芳的父母却坚决不同意他们的婚姻，而月芳已经怀孕，没奈何，只好远走高飞。在乡村里，那成片成片绿油油的麦田，也是年轻人爱情的摇篮哩！

寻找一条田埂

我常常忆起一条田埂，一条长长的长满青豆和绿草的田埂。它像一条乡间的土蛇，摇曳着细细的身子，游进我的梦中，与我牵手，与我嬉戏，与我对话。这是一条什么田埂呢？它在哪里？怎么这样熟悉这样亲切甚至还散发着我身体的味道？

我开始寻找。我开始一趟一趟地回家，回到我的老家，回到生我养我的老家，回到那个埋着我从母体里带出的衣胞的老家。站在老屋的山头，我向四野望去，眼里满是绿油油的麦子，金灿灿的菜花。看不到一条田埂，或者说根本就没有了田埂，全被麦子覆盖了，全被菜花覆盖了，全被绿和黄覆盖了。我小时候那一条高高的、笔直的、能在上面奔跑、能在上面打滚的田埂哪里去了？

记得，我三岁的时候，就能在田埂上走路了。我一个小小的人儿为什么这样大胆，竟蹒跚着一双小脚，不顾掉下水田的危险？那是因为，我要找妈妈，妈妈在远处的田里劳作，我已经大半天没看见妈妈了，也已经大半天没闻到妈妈的乳香了。农村的孩子没什么可吃的，断奶很迟，妈妈的乳房是他唯一的念想。尽管由于营养不良，妈妈的乳房常常是空瘪的，但能吸上一滴乳汁，对于幼小的生命也是如饮甘霖啊！我不知道三岁的我走在田埂上时，心里在想些什么，但我肯定，我一定跑得很急，很急，两只小腿不停地搬动，不然，怎么会被泥块绊倒跌伏在田埂上呢？怎么会一边哭一边爬最终没有了一点力气在那个黄昏的田埂上睡着了让妈妈一顿好找差不多急得哭起来了呢？

哦，哦，那条田埂在哪儿？在哪儿？那上面我爬行的印痕还在吗？我流的泪还在吗？我啼哭的声音，泥土还记得吗？草根还记得吗？飞鸟还记得吗？蚯蚓还记得吗？一切都没有了，一切都不记得了。连我都差点遗忘了，只有妈妈记得。妈妈生病住院的时候，跟守护在她身边的我说过，妈妈以为她这一次挺不过去了，妈妈回忆了许多我小时候的事。但妈妈挺过来了，挺过来了的妈妈什么都记得。

还有一次，我与田埂较上劲了，我不理田埂了，我恨死那条坏田埂了。我在上面赤脚奔跑的时候，一块玻璃把我的脚划破了，血流了一地。那时我已经背着书包上学了，我忍着痛，我没有哭，我是男子汉，好男儿流血不流泪。我折了一根柳枝条，对着田埂拼命地抽打起来，抽打了几十下，还不解恨，又踹了田埂几脚。折腾半天，田埂丝毫无损，自己却搞得筋疲力尽，脚上依然流着血，只得回家包扎。我跟妈妈说，我再也不从那条田埂上走了。妈妈说，那条田埂是上学的必经之路呀，不从那儿走，从哪儿走呢？从田里飞过去吗？妈妈的话把我逗笑了。妈妈又说，都怪你走路不长眼睛，只顾跑，要是看着点脚下，玻璃怎么会划到你呢？还有，叫你穿鞋，不要赤脚，你偏要赤脚，不划你划谁？我知道是自己错了，不怪田埂，但我还是有点不服气，我嘟囔着说，要是那条田埂上没有玻璃、瓦片不就划不了脚了吗？

后来我才知道，就因为我这一句话，妈妈早上天才蒙蒙亮，就到那条田埂上去捡玻璃、瓦片了。那条田埂好长好长呀，妈妈从这一头一直捡到那一头，还真的捡到了一畚箕，单玻璃碎片就有一小堆。妈妈一边捡，一边说，怪不得划到孩子的脚，这么多，真危险。不要说孩子，大人到田里干活也会被划伤呀。妈妈不仅把这条田埂的玻璃、瓦片捡了，而且把另外几条常有人行走的田埂、路道都捡拾了一遍。这件事妈妈却从没说过，我也没有问过妈妈，还是邻居大妈告诉我的。邻居大妈说完，不忘夸了一句：你妈这人，心好！

可惜，这条田埂没有了，找不到了。妈妈蹲在上面捡拾玻璃、瓦片的身影也没人能够记起了。妈妈老了，拎不动畚箕拾不动瓦片了，但妈妈也会像我这样来找寻这条田埂吗？妈妈会奇怪这条田埂的消失吗？要知道，一条田埂在乡间的消失实在是太平常的一件事啊！

其实，找不到这条田埂，不在于这条田埂如今的消失。实际上，多年前，我就与这条田埂疏离了。当我的双脚洗净了泥垢，穿上了皮鞋之后，我一度是很害怕再从这条田埂上经过的呀。曾经，我在这条田埂上与我的童年伙伴告别，他要去参军，我要去上学，我们久久地握着手，相互鼓励着出去创一番事业，再不回到这贫穷的乡间。童年伙伴最终还是回来了，不过回来的却是一抔灰土，伙伴永远长眠在自卫还击战的疆场上了。曾经，我在这条田埂上与我初恋的情人分手，那是一个什么样的姑娘呢？不需要用美丽这样的词儿，你只要想象一下，那开放在乡间地头的栀子花就够了，她就是一朵带着露珠的洁白芬芳的栀子花。但是我们的缘分最终还是在这条田埂上了断。是她无情，还是我无义？那个年代谁又说得清？曾经，我在这条田埂上与我的父母告别，父母站在田埂的这一头，向我挥着手，我沿着田埂向外走着，一步一回首，直到走到田埂的那一头，看见父母还站在那儿，我将手举过头顶，使劲地向父母挥着、挥着，我的眼泪无声地流下来……

哦，田埂，我找不到你了，你真的消失了吗？是你赌气了，不想与我相见了吗？哦，你不要生气，虽然我已两鬓染霜，但我仍然是在你身上跑大的孩子，我多想继续在你面前奔跑一回、淘气一回呀！

哦，田埂，你没有消失，我也不需要找你！你就在我的梦中，你就在我的心中，你永远在我的生命中。你就是我的家园，你就是我的母亲！

喜欢一条小河

喜欢故乡的小河。喜欢静静地坐在小河边，看风景。

春天，小河边的柳树暴芽了，长长的柳枝随风摇曳，冬天里被割得光秃秃的芦柴根，也冒出了一丛丛嫩嫩的芦芽，许多不知名的野草从泥土里钻出来，散散漫漫地把河边斜坡上裸露的黄泥覆盖出一片片新绿。岸边的一棵桃树，带着一身的粉红，立于水光草色之中，如处子般娇嫩、美艳。刚刚解冻不久的河水被微微的春风吹着，泛起细细的波浪，潺潺地向远处流淌，水流声似有若无，如颤动的琴弦发出的袅袅余音。

我坐在小河边，虽然春寒料峭，可却感到地气的温暖，感到春阳的热度，感到万物复苏的声音，感到生命蓬勃的生长。我看柳枝，看芦芽，看野草，看桃花，看流水，看那被风吹落到水面上的几片粉红色的花瓣，看春天小河边的一切风景，忽然想起王安石的一首诗："南浦东岗二月时，物华撩我有新诗。含风鸭绿粼粼起，弄日鹅黄袅袅垂。"物华如此，虽不能如王安石般吟出新诗，但心中的诗情却如桃花流水般浓烈。

夏天，小河边被一丛又一丛的浓绿覆盖了，一棵棵柳树、槐树、杨树，一棵棵不知名的高高矮矮的杂树，一丛丛密密匝匝的芦柴，让小河的两岸葱郁成一片绿色屏障。河水也涨高了，常有船行驶，留下一串桨声篙影和哗哗的流水声。河边高树上掩映在枝叶里的鸟窝也常常吸引着一帮孩子争相攀爬，甚至有跌下河而引来一阵哄笑的。夜晚，河边更是热闹，树上知了鸣叫，地上蛙鼓阵阵，空中萤火虫飞舞。而大人、孩子脱了衣服光着身子下河洗澡，更是夏天乡村里的寻常一景，中午或者傍晚，小河里常常满是浮动的人头、嘈杂的人声，那一河的欢乐让乡村的夏日变得多姿多彩、令人神往。

　　我常常坐在小河边，坐在一棵大树下。我在寻找，岸边那么多树，哪一棵是我攀爬过的、掏过鸟蛋的树？我又是把裤衩脱在哪棵树下然后纵身跃入水中的？在哪一处陡岸，我滑到深水处呛了几口水差点沉到河底？又是在哪里套过知了、钓过青蛙、捉过萤火虫？时光过去四十载，记忆依旧，欢乐依旧，神往之心依旧。

　　秋天，小河边绿的依然葱绿，而黄的却渐渐变黄。野草渐渐枯黄了，芦苇渐渐枯黄了，那些耐不得寒的树木的叶子也渐渐枯黄了，秋风一吹，片片黄叶掉落到水面上，好像放飞的一河纸鸢。缠绕在灌木间的藤蔓却结出了红红的果实，像散落在草丛中的一串串红玛瑙，给肃杀的秋日河边增添了几分暖色。对岸的水草边，几只长脚尖喙的水鸟在那儿飞上飞下，扑扑腾腾，又给宁静的水面增添了几分生气。

　　这样的季节，坐在小河边，我最喜欢看的自然是那如玛瑙样的红果，和那在水面上扑腾的水鸟了。年复一年，看果人已经两鬓斑白了，然而那红果仍一如既往地火红，我摘一粒放进口中细细咀嚼，甜丝丝，酸溜溜，一如孩提时的滋味；年复一年，赏鸟人已经皱纹满面了，然而那水鸟仍在那棵水草边飞上飞下、扑扑腾腾，仿佛扑腾着的仍是几十年前的那只水鸟，或者是那只水鸟的子孙后代？在我一次次坐在小河边的时候，在我凝视着这些小河风景的时候，时光仿佛停滞了、凝固了，我的一颗心也仿佛回到了少年。

冬天，小河边也渐渐地变得萧瑟。草木完全凋零，树木光秃秃地兀立在坑坑洼洼的河坎上，缠生在树上的豆荚蔓、丝瓜藤上尚有几只遗落的老豆荚、丝瓜络悬挂在树枝上，随风摇摆。水边上的一丛丛芦柴也被割去，剩下高低不齐的柴根从水中冒出，几支未被割尽的枯黄的芦叶倒伏在水面上随水流晃动。然而，一场大雪过后，小河边又别是一番景象了。两岸河坡全被冰雪覆盖，每一根树枝，每一片草叶，都成了银枝玉叶，不宽的水面上结了一层薄薄的冰，像给小河镶上了一层玉玻。要是天气继续冷下去，冰就会越结越厚，待到人能在上面行走的时候，小河就又成了孩子们的一处天然溜冰场了。

那时候，我也是那溜冰孩子中的一员，我也曾抓起一团雪掷向我的伙伴，我也曾在冰面上滑倒，甚至差点掉到冰窟里。但我更多的时候是站在岸边看，特别喜欢一个人坐在河边码头的石阶上，静静地看那河岸，看那河面，看那河边的树，看那一河的冰雪。寒风吹在我的身上，雪粒飘进我的颈里，妈妈在岸上呼唤，可我仿佛与小河融为了一体，我的魂儿似乎离开了我的肉体，在那冰清玉洁的童话世界里飘游……一直飘游了四十多年，一直飘游到今天！

喜欢故乡的小河，喜欢静静地坐在小河边，看风景。春夏秋冬，年年岁岁。

泥土的声音

在乡村，泥土的声音无处不在。

当农民赶着耕牛下地犁田，尖利的犁刀插进地里，那原本沉默着的泥土，立即就会扭动起来，发出快乐的声音："哧噗……哧噗……哧噗……"这是蛰伏了一冬，渴望翻身的声音，这是等待了一冬，渴望打滚的声音。听着这样的声音，满脸喜气的农民手上的牛鞭会挥舞得更高、更响："叭——！驾——！"而那头牛也会在田垄间走得更欢，踢踏得泥土欢声一片。

当插秧的村妇俯伏在水田里，握着秧把，将秧苗一棵一棵地插下时，手与泥土的接触就发出了好听的声音："叮——咚——叮——咚——"，这时的泥土是温软的，它被水浸泡、滋润着，它的声音是由水伴奏的，清脆，绵柔，有音乐的节律，但它又是柔中有力的，只要秧苗的根部一碰到它的身子，立即就会将秧苗接纳过去，让它亭亭玉立于水中。

当罱泥的汉子将罱网探到河底，使劲地罱起一罱泥，提着倒进船舱，那"哗啦"的响声简直就是长期沉淀在水底的泥土突然跃出水面之后的大叫。这是泥土最开怀的声音,最赤裸的声音。不见天日真是太久太久啦!早就该上岸看看,早就该到地里去看看,早就该发挥一下自己的作用,为麦子,为稻子,为所有的作物,增添一点肥力。

当金秋收获季节来临,人们将地里的稻子收割下来,运到打谷场上,用脱粒机脱下谷粒。那田野里的割稻声,那田埂上挑稻把的号子声,那打谷场上脱粒机的轰鸣声,那男人女人老人孩子的欢笑声,汇成的是大地丰收的交响。这是泥土一年中最骄傲的时候,这是泥土一年中发出的最动听的声音。

……

我喜欢听泥土的声音。我跟在犁田的老牛后面,听那泥土翻身的声音,我还会抢过犁田人的牛鞭,在牛屁股上抽上几鞭,让牛跑得更快些,让泥土翻动得更快些,让那泥土的声音"哗哗哗"得更响些。我跟在妈妈的身边,与妈妈一起插秧,听那秧苗入水的声音,感受那手与泥土接触的舒软感觉,我还会抓起一把泥,扔向远处的小伙伴,听那对方被击中的声音,自己也被扔得一身的泥水。我跟着罱泥人上船,听那河泥出水的声音,我还会帮着罱泥人提罱,我会钻在船舱里,扒出一块又黏又软的泥块,坐在船帮上,捏一个泥人,然后教泥人说话、唱歌。我跟在挑稻把的队伍后面,学着那些男人响亮地打着号子,我还曾混进打谷的人群里,抓起一把稻子塞进脱粒机里,差点连手都吸进去,遭到大人们好一顿责骂。

我喜欢听泥土的声音。我常常匍匐在地上,把耳朵贴在地面上,我想听到泥土的呢喃,听到泥土的说话。刚开始,我听到的是"嗡嗡"的声音,后来我又听到有"嘶嘶"的声音,我就认定是蚯蚓在叫,是蚯蚓在唱。而蚯蚓钻在地下,蚯蚓的声音就是泥土的声音,蚯蚓是泥土的精灵。再后来,我又听到许多的声音,有的声音在树根下,有的声音在墙角旁,有的声音在田埂边,是蟋蟀叫,是青蛙叫,是蛇叫,是蚂蚁叫,是各种不知名的小虫叫。而所有这些声音，我都认为是泥土的声音。没有泥土，哪有世界上的万事万物！

这些都是我小时候留存下来的关于泥土的声音的记忆。然而现在，我对泥土的声音倒隔膜了，因为我听不到了，我生活在钢筋水泥的城堡里，我见不到泥土了，我触摸不到泥土了，我的手，我的脚，我的身体，都与泥土暌违了。我怎么会听到泥土的声音呢？我的耳朵也似乎被各种各样的嘈杂浮华之音弄得有点听力下降、失去感觉了。

有一天，我做了个梦，我梦见自己俯伏在地上，耳朵贴着泥土，可是不管我怎样使劲听，就是听不见一点声音。后来终于听到声音了，却是从远处呼啸而来的汽车的轰隆声。原来，我不是俯伏在那松软的泥土上，而是俯伏在水泥道上，差点被一辆擦身而过的汽车碾轧，惊醒过来时，浑身大汗。

我决定，要回一趟乡下，去亲近我的泥土，去听一听久违的泥土的声音。

那天，我一个人回到老家。适逢农村大忙。父亲、母亲、哥哥、嫂嫂都在地里干活，我二话没说，立即脱掉了鞋袜，光着脚下了田。那块田已经用拖拉机犁过，但田边地角没有犁到，必须用钉耙再筑一下。这是一个体力活，我拿起钉耙，筑起来。一块块泥土被我翻起，敲碎。我用手扒一块泥土，放在鼻子上闻闻，放在耳朵边听听，我又闻到了泥土的味道，我又听到了泥土的声音。

晚上，我留在了老家。但我没有睡在屋内，而是执意用门板在屋外的瓜棚下搭了一张床。我躺在上面，眼睛看着天上的星星，耳朵听着田野里的声音。

"咕咕咕——"是青蛙叫。

"吱吱吱——"是知了叫。

"嗡嗡嗡——"是蚊虫叫。

"哞哞哞——"是牛儿叫。

"嘶嘶嘶——"是蚯蚓叫。

……

所有的声音融汇在一起成为天籁,而这正是自然的声音,泥土的声音。我就在这天籁之音中静静地睡着了。

河滩上的月光

庄子的后面有一片河滩。河滩上长满芦苇、青草。这芦苇和青草长得很怪,芦苇长在四周,青草长在中间。芦苇如墙,青草如毯。夏天,芦苇长得很盛的时候,人钻在里面,外面一点都看不见。

这一秘密是庄子里的几个孩子发现的。领头的叫小划子,为什么叫这名儿,据大人说,是因为他妈把他生在了小划子船里。跟着小划子一步不离的还有萝卜、芋头、菜秧、狗子。菜秧是个女孩,但也像个男孩一样,整天与他们一起疯疯癫癫。

有一天放学后,小划子领着他们来到河边钓青蛙。他们找来竹竿,装好钓线,绑上蚯蚓,放入芦苇草丛中不停地抖动。青蛙看到蚯蚓,就会跳过来一口咬住。这青蛙有个特性,只要咬到蚯蚓,绝不松口,这时提起钓线,就能手到擒来。小划子、萝卜负责钓,芋头、狗子负责捉,没有装青蛙的袋子,他们就把书包腾出来,书本统一交菜秧保管。钓着钓着,渐渐进入芦苇的深处。这时小划子首先叫起来:"哇,这儿有块草地啊!来,大家坐下歇歇。"几个人就坐下来。刚才钓青蛙过于兴奋,现在一坐下来就感到有点累了。坐了一会儿,谁也不愿起来。柔软的青草密密匝匝,像绿毯一样铺在河滩上,仰躺在上面确实也很舒服。五个孩子竟然躺下来打起瞌睡来。

当他们被四处的蛙声、被飞舞的萤火虫惊醒的时候,天上已经挂起一轮月亮。河滩、芦苇、草地、河面在月光映照下,笼上了一层淡淡的雾气,一切都变得看不清楚,一切都变得神秘莫测。首先哭起来的是菜秧:"我……怕……我要……回家……"然后接着叫起来的是芋头:"青蛙……青蛙……怎么都……都没了?……"原来睡着时青蛙都从书包里逃跑了。小划子比他们大几岁,是他们的头领,虽然心里知道这回惹祸了,回去要挨揍了,但他没有哭,也没有怕,他要像个男子汉一样,把他们都带回家。

这时小划子说:"大家不要怕,这地方离家不远,就在庄子后面。青蛙跑了无所谓,可我们发现了这个好地方呢!又可睡觉,又可看月亮。要是以后想逃学了,不想上课了,我们就可以到这里来。你们看,那月亮多亮,多圆!这河滩上的月光多美!这是属于我们的,谁也不要告诉!现在,我们一起回家!"

这个晚上,庄子上五个人家的父母都在外面奔走寻找了大半夜。当他们疲惫而绝望地回到家中,看到身上沾满泥迹草屑的孩子不知从哪儿冒出来的时候,首先上去就给了他们一个巴掌,然后又踢了他们一脚,最后舍不得了又把他们抱到怀中:"你们在哪儿的呀?把我们吓死了!你们这些不省心的东西,一天到晚不好好上学,只知道玩,看我不打死你呀!"

尽管挨了父母打骂,但五个孩子都没有哭,也没有说出在哪儿的。他们还想再一起到那河滩上去看月亮呢。

再次到河滩上去,是在一次上晚自修的时候。农村学校,到初中时就开始上晚自修,但抓得并不紧,有时有几个孩子没来,老师也不过问。

这天下午放学的时候,小划子叫芋头通知萝卜、狗子和菜秧,晚上利用上自修时间再次去河滩,并且叫每人都带点吃的东西,到时在河滩上来个"月光野餐"。

上了半节晚自修课,胡乱地把几道题目做完,小划子、芋头、萝卜、狗子、菜秧就先后溜出教室,在校门外的一棵老杨树下集了中。他们像《敌后武工队》上的鬼子兵,偷偷摸到庄子后面的河滩上。这次,小划子带了只手电筒,进入芦苇丛中时,按亮电筒照明。有了亮光,几个人不再感到害怕。他们进到里面,在草地上坐下来,抬眼看看天上的月亮,发现今晚的月亮特别大、特别圆、特别亮,心中激动不已。他们把书包摊在草地上,把带来的吃的东西放到上面。面对着满河滩的月光,开始了一生中的首次"月光野餐"。

吃的东西只是黄瓜、茄子、西红柿、玉米之类,没有什么精细高档的食品。但五个孩子吃得很香,很甜。你吃我的,我吃你的,相互交换着吃,谦让着吃。吃出了少年纯真的友情,吃出了乡村生活的快乐。

这时,小划子说:"想想看,我们将来都想干什么?"

"干什么?划子哥想干什么我就想干什么!"芋头抢先说。

"不行不行,大家说的都不许一样!"小划子说。

"不一样?那我干什么呢?"芋头想了下,说,"我想当兵,拿枪打敌人!"

"我想做个医生,就在我们大队做个赤脚医生。我奶奶身体有病,到时能帮我奶奶打针,治好奶奶的病。"菜秧说。

萝卜笑起来:"你还想当医生,自己打针都吓得哇哇哭,还帮别人打针。"

狗子说:"我爸爸叫我回家种田,反正我成绩也不好,下学期我可能就不上了。"

萝卜说:"我也可能上不成学了,爸爸要送我学木匠呢,爸爸说,荒年饿不死手艺人。"

大家都说了,只有小划子没有说,就都问他:"划子哥,你不要只顾看月亮,你还没有说你将来要干什么呢?"

小划子说:"你看那月亮,多圆,多亮!你们都听说过嫦娥奔月的故事吧?我想啊,要是将来我能飞到月亮上去那该多好啊!"

大家都笑起来:"你这是做梦呢!"

小划子自己也笑起来:"是啊,我这是做梦呢!"

这次河滩"月光野餐"之后,他们就再也没有来过。而关于长大了将来做什么的话题还真的大多应了验。多年之后,已经是嫦娥探月工程科研技术人员的小划子回了一趟家,种田大户狗子做东接待了他,同时请来了在镇卫生院做医生的菜秧、做木匠包工头的萝卜和从部队转业回来在镇政府工作的芋头。他们在狠狠地喝了一场酒之后,又一起来到了当年庄子后面的那片河滩。依然是一个月光之夜,满滩的芦苇在夜风吹拂下摇曳。那片草地就像一块圆圆的大月,被芦苇包围在中央。当年的情景,既是那么遥远,又仿佛就在眼前。

谁偷了队里的玉米

十四五岁时，放了暑假，我就要到生产队里干活了。

那时还是20世纪70年代中期，老家竹园垯还处于贫穷落后而又极"左"思潮极为泛滥的状态。人们对生活的要求倒是不高，但头脑中那根"阶级斗争"的弦却绷得很紧。不要说那些暗地里搞投机倒把、发家致富的人发现了要被狠狠地批上一顿，就是实在因为生活所迫而到集体的大田里去"偷"的一点萝卜青菜也要上纲上线而小题大做。为了防范"坏人"偷盗，生产队里不得不采取措施，西瓜熟了，派人看护，玉米熟了，派人站岗。而看护、站岗因不是什么力气活儿，所以队里不是安排老人，就是安排我们这些半劳力。这样，队里既不要给多少工分，又可保庄稼安全。

我最喜欢的就是帮生产队里看玉米。

玉米是旱谷作物，夏天种下后，到八月份就成熟了。那成片的玉米田密密匝匝的，高过人的头顶，人钻在玉米田中，掰玉米棒子，吃玉米秸，要是不注意搜寻，根本无法发现。而那时在我的老家，玉米也是人们主要的口粮，掰上几个玉米棒子，回家一煮，每人一只啃进肚中，就可以解决一顿饥荒。为了防备玉米被人偷盗，生产队里就在玉米田头搭起一个高与玉米相平的瞭望台，铺上木板、草席，人坐在上面可以将整片玉米田的情况尽收眼底，随你想从哪里往玉米田里钻，都逃不过看田人的视线。晚上，帐子一挂，两人轮流值班，一人可以在里面睡觉，一人手拿四节头的电筒四处照一照。那雪亮的电筒光柱就像探照灯一样在田里扫来扫去。有时只要你愿意，还可以从瞭望台上爬下来，到田边四处巡视。为防遇见坏人，手上还可拿一根木棒，那情形颇有点像边防军在站岗放哨。

　　跟我一起看玉米的是二黑，他跟我同龄，因书读不进，早就辍学，已在生产队里干活几年了。我们两人坐在高高的瞭望台上，一会儿看天上的星星月亮，一会儿听风吹玉米发出的沙沙响声，一会儿拿着手电筒向田里照一照，一会儿互相闹着在铺上打滚。更多的时候，是我给二黑讲故事。我看的书多，肚子里的故事不少，加之我天生有讲故事的口才，每一个故事都被我讲得绘声绘色、活灵活现，二黑佩服得五体投地。久而久之，我在他的心目中就高出了一等，他也唯我马首是瞻了。我叫他干什么，他就干什么，从没有半点违拗。一天晚上，我们两人在田边巡查，我突然想吃玉米秸，而且这个念头一产生就变得非常强烈，嘴巴里都渗出了口水，我完全忘记了自己的职责。我叫二黑去给我掰一根玉米秸，二黑愣了一下，才说了一个"这……"字，就被我骂得乖乖地钻进田里用电筒照着寻找甜玉米秸。我把他掰来的玉米秸从中间一分为二，每人一半，他想推辞，终于也挡不住诱惑，两人在田边吃起来。吃完了玉米秸，却为从玉米秸上掰下的两个大玉米棒子发起了愁。怎么处理这两个玉米棒子呢？我叫二黑拿回家，他不敢，说被查出来不得了。那怎么办呢？我们两人在田边急得团团转。最后终于想出了办法，将两只长得非常饱满的玉米棒子扔进了远处的稻田里，这才回瞭望台上睡觉。

第二天早上，我和二黑还未起身，朦朦胧胧中听见玉米田边传来一个男人的叫骂声和一个女孩嘤嘤的哭声。我们一个激灵爬起来，下到地上急忙向哭声响起的地方走去。一到那儿，我们呆住了：原来是队长在斥骂叶子。队长一见我们到来，立即转对我们叫骂起来："叫你们看玉米，不是叫你们睡觉的，你们看，玉米都被这丫头偷走了，你们还不晓得，看看，吃的玉米秸的渣子还吐在这儿，玉米棒子呢？是不是送回家去了？从小就做贼，长大了还不知会干什么呢！"我们两人都傻了眼，这哪里是叶子偷的啊，分明是昨晚我们做的好事！怎么办？是承认，还是隐瞒？二黑朝我看了看，嘴咂动了几下，我狠狠地瞪了他一眼，然后对队长说："是我们没有把玉米看好，不过也许不是叶子掰的……""不是叶子，那你们说，是谁偷了队里的玉米？我早上一到这儿就看见她提着个篮子在田边转……"叶子一边哭一边说："不是我，不是我，我是挑猪草的，我没有掰玉米秸，我没有偷玉米棒子……呜呜，你冤枉人……林哥哥，你帮我证明，我从来没有偷过东西……"我看着叶子那泪流满面、可怜巴巴的模样，心如针刺般难受。可我又怎能承认这是我干的呢？要是我承认了，光是被队长骂一顿、罚一下也就罢了，要是队长将这事告到学校，说我暑假在生产队里看玉米时偷玉米，那我还有脸面再跨进校园吗？可要是我不承认，队长一口咬定是叶子干的，这天大的冤枉叶子又怎能承受？正在我心中矛盾着的时候，突然二黑结结巴巴地说话了，只听他对队长说："不……不是叶子干的，是……是……是我掰的，昨晚我……我……一个人偷偷地掰的，要罚就罚我吧……"在二黑说这话的时候，我的心都提到嗓子眼儿了，我生怕他说出是他跟我两个人干的，待到他说出是他一个人干的、把责任全部揽过去了的时候，我的一颗心才松弛下来。可接着我就感到脸颊发烫，内心发虚，不敢正视二黑的眼睛，也不敢正视队长的眼睛，更不敢正视叶子的眼睛。最后我是怎样离开他们的，都不知道了。

当天，我和二黑就被安排干其他的农活，队长重换了两人看玉米。二黑被扣除了两天的工分。而几天之后，学校也就开学了，我结束了短暂的暑假劳动生活，又跨进了学校。

多年以后，我一想起这件事，还感到脸红心跳、惭愧不已。不知二黑、叶子还记得否，真希望能有机会再与二黑、叶子相见。

又到割麦插禾时

"阿公阿婆，割麦插禾……"

又闻布谷声，又到大忙时，又该回家温习那"面朝泥水背朝天"的务农功课了。

乡下父母，年事已高，身体也不好，可还种了几亩田，收麦栽秧，缺少劳力。尽管我久不种田，早已不胜体力，但每年都要回家帮上一把，给父母一点安慰。

在我的印象中，割麦最忙，插秧最苦。熟透的麦子仿佛临产的孕妇，那是不能延迟时日的，必须抢晴天、争速度，一鼓作气割完，直到那黄灿灿的麦子堆成垛，农民们那揪着的心才会放下。要是在麦收时节连续几天阴雨，丰收的希望就会落空。而插秧则不同，从育秧苗始至栽插结束，前后要忙乎近两个月，其间必经做畦、浸种、落谷、薅草、施肥、治虫、耕田、耙田、耱田、起秧、栽秧等过程，方得完成。既花细工，又去力气。育小秧如同候小孩，没有好苗难有好的收成，故而一旦种子落谷，农民们便成天在秧畦边转，水多了怕涝，水少了怕旱，更怕种子被麻雀糟蹋。待到栽插时，男人们在田埂上挑秧、打秧，号声震天，女人们在田里弯腰屈臂，手如小鸡啄米，水花四溅。有时老天突然下起雷雨，他们也不停歇，任由暴雨淋得一身泥水。劳力多的人家，三四亩田用不了一天就能完成，劳力少的人家，一两个人蹲在一块大田里，栽半天也看不出成绩，抬头望望，还是汪洋一片，往往要栽上几天，栽得腰酸背痛，手脚长时间浸泡在泥水中，又烂又肿，真是苦不堪言。好在，农民们早就习惯了这样的劳作，他们心中装着的是夏熟丰收的喜悦和对秋熟丰收的期待，苦，又算什么？

小时候，我最拿手的就是帮妈妈栽秧。

那时，还是"大呼隆"生产，栽秧按趟数拿工分。为了抢趟子，妇女们都把孩子赶到田里做帮手。尽管栽得歪七扭八，总算还能起点作用。我就是在那时学会栽秧的，其时我不过八九岁光景，虽是男孩，却栽得不比女娃差，到了十几岁时，竟可以跟那些姑娘媳妇们一比高低了。那时，生产队的秧好像总也栽不完，满眼望去，都是白花花的水田，栽了这块，有那块，每天天不亮，妇女们就下田，面朝泥水背朝天，一弯就是一天。为了鼓劲，公社和大队还开展插秧竞赛，每个生产队都成立了"铁姑娘队""娘子军队""穆桂英队"，田头插起旗子，还办起宣传板报。记得那时有一首顺口溜非常流行，也很豪迈：

早上一片黄，晚上绿成行。
是谁显神威，咱队铁姑娘。

农村里最原始的活儿，可能就是栽秧了。割麦有收割机，耕田有拖拉机，挖塘有挖塘机，可就是没有插秧机，虽然也试验过，但效果不佳，未能推广。每至栽插季节，我回到老家帮父母栽秧，辛劳和汗水给我带来的都是苦涩和无奈。我期待着一场变革，一场对传统耕作方式的变革，把农民从繁重的体力劳动中解放出来。

终于，抛秧技术开始推广，村里选择农户搞试点。我竭力怂恿父亲，可父亲在看了抛秧示范现场后，头摇得像拨浪鼓。他简直不可想象，秧苗乱七八糟地抛在田里，横不成行，竖不成列，东倒西歪，稀密不匀，能长什么庄稼，能打什么粮？别人抛秧，他仍栽插，宁可多辛苦多流汗。看到别人家采用塑盘旱育抛秧新技术，大忙做得轻轻松松，再望望自家那白花花一片尚未栽插的秧田和年老力衰的父母在田里挥汗如雨的身影，我的心中产生一丝悲哀。父母属于过去的时代，要想改变他们的观念，让他们接受新事物何其艰难啊！

今年大忙，我请了几位朋友一起回家帮忙。几位朋友也是农村出身，都有过如我一样的经历，农活上也都能拿得出。他们已长期没有下过田，早就摩拳擦掌、迫不及待了。然而到家一看，父亲的那块田已经绿油油一片，细看秧苗，竟是抛秧。见我们归来，父亲和母亲早已站在门前，笑嘻嘻地迎接。

我问父亲，今年怎么也抛秧了？

父亲笑了笑，说，死脑筋不行了，既多吃苦，又少打粮。人家抛秧的田块比我人工栽的长势好，打粮多，叫你不得不服啊！现在真是科学哩！

想不到，父亲终于"换脑筋"了。

我和朋友们没有下田，却在老家玩了个通宵。夜阑人静时，旷野上传来阵阵蛙鸣，如天籁之音。我们步出门外，在星光月辉之下，任清风扑面，听取蛙声一片……

苇箔上的笑与泪

编苇箔，在我们老家土话叫"轧箔子"，轧，就是编织的意思。箔子也即苇箔，是用芦苇和草绳编成。芦苇一般筷子粗细，编织前要先把苇叶剥去，露出又黄又亮的苇身。草绳则越细越好，但要有韧性、不易断裂，用稻草或茅草捶熟后手搓而成。一块宽不到两米的苇箔，要放十多根经线，经线越密，箔子越牢。因这种箔子大多用于晒棉花，所以又叫棉花箔子。

老家那地方过去是产棉区，每到棉花收获季节，每个生产队都需要大量的苇箔晒棉花。这苇箔晒棉花极其方便，地上栽两排双杠似的木架，苇箔往上一搁，然后将刚从棉田里摘上来的棉花均匀地摊在上面，晒上一两个时辰，就将棉花翻一遍，通风透气，极易晒干。要是天突然下雨，只要将苇箔连棉花一卷就可以扛到仓库里去，天晴了再搬出来摊开晒。

苇箔需求量虽大，但我们这儿因不产芦苇故而也不产苇箔。供销社虽也有得卖，但那多半是从外地运来的，质量既差，价钱也贵，还供不应求。因此，棉花收获之前，队里都要派人到海下芦苇产地去收购。

我的父亲就常常被派去收购苇箔。

父亲是个精明的人，除了在农业社上做工分外，无时无刻不想挣钱。他贩过鱼，贩过豆饼，育过山芋苗，养过猪羊鸡鸭。在外买苇箔的过程中，他发现，轧箔子其实很简单，那个所谓轧机只不过是在一根木头上装了十几个丫子而已。绕草绳的坠子也是木棍锯成的，边上锥一个眼用于穿绳。要是买上几担芦苇回去，做一张轧机，自己在家利用空余时间轧箔子卖，倒也是一个生财之道。父亲算了一下，一块箔子能卖两块多钱，一担芦苇不过十几块钱，却可以轧十多块箔子，搓绳子的稻草家里有的是，只要花工夫搓就是，利润不小哩。就在这一次，父亲除帮集体购买了几十块箔子外，还偷偷地顺带买回几担芦苇。到家的那天晚上，父亲悄悄将母亲喊到船上，两人轻手轻脚地把芦苇扛上岸，藏在家中的猪圈内，然后第二天才将苇箔送到生产队。

从此，我家就开起了轧箔子的"地下工厂"。那时，上面不允许搞个人发家致富，搞副业被视为"资本主义尾巴"，正常买卖也被说成投机倒把。谁要是搞一点个人赚钱的事，就被视为资本主义复辟，要狠狠打击。因此，父亲轧箔子只能在晚上偷偷进行。我家那时有两间厢屋，用于养猪、堆杂物、放农具。父亲就把里面收拾出一块空地来，把土制的轧机架起来，剥芦苇、轧箔子全在里面，不管白天还是晚上，门都关着，窗户都用草帘子遮盖起来。爷爷捶草，母亲搓绳，父亲轧箔子，一家人忙了一冬一春，箔子轧了上百块，队里竟无一人知晓。到了卖箔子的时候，父亲再到外大队去联系，谈好价钱和数量，夜里或大清早送货，也是神不知鬼不觉。

这个项目成了我家的主要经济来源。我们弟兄四个都上学，负担很重，靠生产队里那点工分，连吃饭都成问题，不轧箔子卖钱，学根本就上不成。因此后来，我们弟兄四个都加入了轧箔子的队伍，并且成为主力军。父亲的任务则主要是供应和销售了。

弟兄四人中，轧箔子最多、最快的要数我和老三了。老大其时已上高中，老四年龄还小。我和老三常常一放学回家，书包一撂，就钻进厢屋，关上门，在里面乒乒乓乓地轧起来，那芦苇被一根根平放在"机"上，坠子被甩得两边直蹦，很快就轧出一大片。有时一人轧箔子，一人剥芦苇，有时两人同时轧，一天能轧两块苇箔。晚上，就在里面点上小煤油灯。手磨疼了，腿站酸了，但从不叫苦。因为我们知道，不轧箔子，就没有钱用，就没有钱上学，没有钱买衣裳。

俗话说，没有不透风的墙。我家轧箔子的事还是被生产队和大队的人知道了。正好县里有工作组驻扎在我们大队，此事立即被作为资本主义复辟的新动向而被上纲上线，轧机被扛到大队，箔子被没收，工作组的领导来生产队里召开社员大会，斗私批修，挖资产阶级思想根源。为了使会议更有成果，工作组要我在会上站出来批判父亲，要我现身说法，与资本主义决裂。我看着站在会场上的父亲那佝偻的背影，一句话也说不出，只想抱着父亲大哭一场。

这次批斗会的结果是老家有了更多的人在家里偷偷地轧箔子，轧箔子成了队里不少农民在那个非常时期所从事的家庭副业，让许多人度过了那些个困难的日子。这真是会议的组织者所始料未及的。

父亲自然也没有停止轧箔子。轧机没收了，重做；芦苇没有了，再买。我和弟弟仍然是放学一回家就轧，手段更熟，速度更快。不少人家还偷偷地来向我们学习。人们越来越胆大起来，不再偷偷摸摸。而其时，新生活的春风也已渐次吹来。

那段难忘的轧苇箔的岁月啊！

如今，我们这里早就不种棉花了，也用不上棉花箔子了。可父亲仍然保存着那张轧机，每次回家，我都忍不住要看一看，摸一摸。那上面有着我和弟弟的手印，有着我们一家人的欢笑和眼泪，也有着往事如烟的时代投影！

梦里依稀车水声

用水车车水是在电灌诞生之前,农民进行农田灌溉的一种方式。水车由车轴、车拐、水槽、刮板、木齿轮、木链带以及车架、扶手等组成。它安装在河边上,水槽一头伸进水里,一头搁到岸边。人们踏着车轴上的车拐,车轴旋转,带动用链带连接起来的一块块刮板,在水槽中上下翻动,把河里的水从低处提到岸边的水渠中,这样不停地踏着车拐,水就会哗哗地从水槽中流出来,流入水渠中,流进需要灌溉的田地里……

除了人踏之外,车水还可以借助风力、畜力。用风力,就要在河边支起风车,用畜力,就要在河边水车旁搭起一个圆形车棚,里面支上一个能带动车轴转动的圆锥形大转盘。这样,牛在车棚内拉着大转盘旋转,大转盘带动车轴转动,车轴再带动刮板转动。用牛车水固然可以节省不少人力,但因为需要用水灌溉时往往正是农忙时节,牛还有许多活儿要做,如耕田、耥田等,所以车水一般多是用人踏车。车轴上有的装着十六个车拐,有的装着二十四个车拐,十六个车拐的四人踏,二十四个车拐的六人踏。如果都是男工,用不了四人就能将水车踏得飞快。如果有妇女老人上车，人数就要多一点，而且一定要一齐用力，不能有人偷懒，否则就很吃力，速度就会很慢。而水车速度越慢，漏水就会越多，踏上来的水就越少。

踏车时，为了鼓劲，人们会唱各种各样的号子。有时是一人唱，众人和，有时是大家一起合唱。有的号子有词儿，有的就纯粹是哼出的一种节奏。一个生产队里总有几个打号子的能手，他们喉咙高亢，如铜声响，又会现编词儿，看到什么，唱什么，要是路上走来了一个标致的小媳妇儿，他们就会唱起来——

小小车轴两头尖，
路上走来个赛天仙。
转过头去看一眼，
心如车拐子颠倒颠。
天仙妹子开笑眼，
踏车的哥哥浑身劲。
拂板上下如跑马，
脚板子底下水连天。

他们一边唱，一边就果真将水车踏得飞快，水槽口的水激起几尺高的浪头，那哗哗的水声、呼隆呼隆的水车声、高亢嘹亮的号子声交汇在一起，吸引得我们这些十多岁的小孩子在一边跳啊、叫啊，如看戏一般，真是太刺激、太有趣了。

在大人们踏车歇下来的时候，我们这些小孩子也禁不住诱惑，爬上车拐，吊住栏杆学着踏车。可还没转动起车轴，脚就从车拐上滑下来，手吊得紧的，挂在栏杆上喊救命，手滑下来的跌在地上揉屁股，还有差点掉到河里去的，照例招来大人一顿骂。大人们在喝饱了大麦茶、过足了烟瘾，又开了几个很荤的玩笑之后，就又开始上车车水了。

车水是一种重体力高强度的劳动。车水很苦，一天车水下来，腰酸腿痛臂疼脚板肿。但车水也有乐趣，特别是男女在一起车水时，往往一点儿不感觉累。车水过程中也会产生男欢女爱，而男欢女爱会产生一股巨大的力量，它能消弭一切的疲累、苦痛。听我的父亲说，我们队里就有几对男女是因为踏车而恋爱起来，然后家长不得不同意而结婚的。在结婚的时候，她们的肚子里早就有了"货"了。因为踏车大多从早上天还没有亮就开始了，这段时间是大好时机哩，而车棚更是夜里约会的好地方。老家的那座车棚在废弃不用以后，就基本上成了村里青年男女恋爱的场所。我在多年以后带着女朋友回老家时，还在那里坐了一个晚上。只是水车早已不在，那"哗哗哗"的流水声只能依稀在梦里找寻了。

雾中虾趣

故乡虽不属水网密布的里下河地区,但也有好几条河道纵横交错着从村中流过。有的河道较宽,连通着外面的大河;有的河道则较窄,几乎就是小水沟,河岸两边长满灌木、荻草,这样的小河里,既不能行船,也不能洗澡。这不怎么流动的小河里,鱼虾却多,小时候,我们在此扒虾的情景,至今难忘。

扒虾都是在冬季下雾的早晨进行,所扒的是一种小草虾,大约只有一寸长、米粒粗细。扒虾的工具是一个像畚斗样的扒口,用细密的麻布或塑料网缝制在一个弯曲如畚斗口的木框上,上面固定一长柄。手握长柄,将扒口伸入水中,然后用力按住扒口,从水底向上拉,鱼虾就会进入麻布或塑料网做的"口袋"内而被扒上来,再倒入淘箩内。

为什么要在有雾的冬天早晨扒虾?至今我都不甚清楚,好像是有雾的冬天,气温相对高些,虾都聚集到了水边,能多扒到虾。扒虾也有技巧,将扒口放入水中向上拉时,按劲既不能大,也不能小,过大,会将水底的泥沙扒进扒口中;过小,扒口压不到水底,浮在水中,虾会从扒口与河底的间隙中溜掉。所以，扒虾时手上既要有一定的压劲，又要有一定的悬劲，还要注意轻放快提，放重了，会吓跑虾，提慢了，入了扒口的虾也会逃走。

扒虾的有老人、妇女和孩子。冬天有雾的早晨，一条小河边会有四五个扒虾的人。大家都被雾包裹着，谁也看不见谁，却听得见轻轻地向水中放扒口的"扑通"声和向上提扒口的"哗啦"的水声。也有不小心滑落到水里弄湿了鞋子、衣服而早早回家的；也有一直扒到雾气散尽太阳出来的。有时运气好，能扒半淘箩，也有时只能扒到一点点。

小草虾扒回去后，倒在筛子里，将杂物草屑拣尽，然后放在锅中炒一炒，火不能大，只要虾红了就行。再将炒红的虾拿出来摊在筛子里放在太阳下晒。晒干了，用塑料袋装起来，作为做菜的材料。烧豆腐、炒白菜、焖蛋，等等，都可以放一把小虾在里面，味道香极了。扒一冬天的虾，足以吃一年。在那个年代，这可是非常珍贵的美味佳肴。也有的扒了虾舍不得吃，拿到集上去卖。不管价钱贵贱，总可以卖到些钱贴补家用，过年时甚至可以为孩子做上一件新衣服。

我在我们那个村里可以说是扒虾的能手。不但会扒虾，我还会制作扒虾的扒口。村里几个小伙伴的扒口都是我帮他们制作的。后来我发现，帮他们做的扒口越多，扒虾的竞争对手就越多，这对我多扒虾大为不利，所以我就不再帮他们做了。为此，几个小伙伴好长时间都不理我呢。

有一天，雾气很大，天刚蒙蒙亮，我和弟弟就起床了，我扛着扒口、弟弟拎着淘箩，我们一起来到一条小河边。天气很冷，虽然穿着棉衣棉裤，戴着帽子和手套，还是冻得有点抖抖的。我们找好位置，顺着河边，由南向北，一下一下地扒起虾来。因为扒虾的动作幅度大，又消耗体力，我不一会儿就有点热起来，额头上甚至冒出了汗，帽子也摘了下来。弟弟却冷，他拎着淘箩跟在我的后面倒虾，手套不好戴，我每扒一扒口上来，不管有虾无虾，虾多虾少，他都要用手翻动扒口的网兜，把虾捡到淘箩里来，手就冻得像红萝卜。弟弟想跟我换，他来扒，我来捡。可他扒了两下，扒不动，方法也没有掌握，只好作罢。我就叫他戴上手套，不要他捡，只要帮我拎淘箩。我自己扒，自己捡，这样虽然慢些，可毕竟免去年幼的弟弟挨冻。

  我们弟兄俩就这样在浓雾笼罩的河边扒虾，雾气如牛乳一样飘浮在河面，一会儿稀薄透明，一会儿浓郁稠密，时而洁白如玉，时而灰淡若无，时而从水面上升起，时而又从天而降，变幻莫测，飘忽不定。人置身其中，也变成了雾人，头发、眉毛都变成了白色，身上也像长了一层白毛。

  太阳渐渐升高，气温渐渐变暖，雾气渐渐散去，当我们扛着扒口拎着半淘箩虾离开河边，走回家去的时候，我们的一颗心就像淘箩里蹦跳的小虾，那种欢快与喜悦是旁人所无法想象和体会的。当我人到中年以后，仍难以忘怀少年时代的这段扒虾的经历。那一片如牛乳样的雾气仍然在我的生命中飘浮，如一幅画，如一首诗，如一支歌。

田埂上游走的灯火

夏夜乡间的田埂上，曾经游走着照长鱼的灯火。

长鱼，即黄鳝，也叫鳝鱼，一种身体像蛇而无鳞、黄褐色，有黑色斑点，生活在水边泥洞里的鱼。这种鱼在今天价格颇贵，特别是野生的少之又少，称得上席上珍品。但在几十年前的老家乡村，却是属于鱼类中的"草根阶层"，上不得台面的。夏秋季节，池塘边、沟河里、稻田中，随处都可以捉到，几乎每户人家家中都有一个瓦缸或木盆，里面都养着几条甚至十几条长鱼。捉得多了，拎到街上去换几个零用钱；来客了，抓上几条杀了，或剁成一段一段的红烧，或划成一片一片的爆炒，实在是待客和下酒的好菜。在那物资匮乏的年代，这并不稀罕也不值钱的长鱼，成为农家餐桌上的一道美味佳肴，为贫穷暗淡的日子增添了几分香馨和亮色。

捉长鱼的方法有多种，可用钩"张"，可用网"抄"，可用灯"照"，可用铲"拿"。老家人大多采用两种捉法：一种是在夏天的晚上，用灯或手电筒在秧田、池塘、沟河边"照长鱼"。长鱼在夏夜常常从洞里爬出来，栖息在浅水边，有的头浮在水面，身子悬在水中，有的伏在水底的泥面上，一动不动。灯光一照，看得清清楚楚。长鱼的身体虽然滑腻腻的，人的手很难抓住，但长鱼的习性好像有点呆头呆脑的，反应也比较迟钝，特别是对灯光可以说毫无反应。直到你用夹子伸到水里猛一下夹住它，它才像忽然惊醒似的使劲绞动着身子，想从夹子中逃脱，可惜已经晚矣。难怪生长在河沟里的大长鱼有"河呆子"的称谓。另一种捉法叫"拿长鱼"。秋天收稻季节，稻田里水也干了，这时，长鱼就打洞潜伏到地下准备冬眠。在已经收割完稻子的稻田里，人们身背鱼篓，手拿一长柄圆形小铲，在露着根茬的田地里寻找长鱼洞，发现哪儿有一个手指大的圆圆的滑滑的小洞，就用小铲挖起来，洞不深，也不远，挖不到一会儿，一条长鱼就会暴露出来。有时挖得太猛，不注意，会把长鱼切成两段，红红的长鱼血就会从洞中流出来。也有时遇到空洞，挖上半天都没有发现长鱼。拿长鱼的人就会放弃，重找新洞。

  我曾经照过多次长鱼，而且每次都收获颇丰。那时我十四五岁，正是对一切好奇、又好玩的年龄。照长鱼的工具主要有灯、长鱼夹子、鱼篓。除鱼篓是篾匠编的外，灯和长鱼夹子都是我自己制作。电筒那时是稀罕物，舍不得用来照长鱼，只有用灯照。灯要防风，还要亮，我们就用白色透明的农药瓶去掉瓶底做罩子，用一块比农药瓶底稍大一些的铁皮或木片做底座，用铁丝将底座和罩子固定住，在罩子里面的底座上放一盏墨水瓶做的小油灯，再用一根长约一米的铁丝，一头吊住灯，一头绑在一根长约一米多的小木棒上。这样，一盏照长鱼的灯就做成了。照长鱼时，点上里面的小油灯，一手握着小木棒，保持灯与水面相距约几厘米，以既不碰到水面，惊走长鱼，又能照亮较大一片水面为宜。这种土制的灯，几级的风都不会吹灭。加之底座小，灯影不大，照亮的范围广，照长鱼很适用，家乡那里照长鱼的人差不多都用这样的灯。

  制作照长鱼的灯，最关键也是最难的技术活儿是炸农药瓶瓶底，弄得不好，整个瓶都会碎裂。炸瓶底时，先用一根棉线在瓶底扎成不紧不松的一圈，然后在棉线上蘸上火油，将瓶底朝上，点燃棉线，待燃烧一两分钟火熄灭后，将瓶底没入水中，只听"啪"的一声响，瓶底就齐展展地掉下来，一个土制的灯罩也就做成了。

照长鱼的另一样工具长鱼夹子也很重要。长鱼很滑，一般用手是捉不住的，必须借助专用夹子。夹子一般用毛竹片做成，形如剪刀，刀口略向内凹，并刻成牙齿状，夹长鱼时，既不能用力过猛，过猛，会夹伤、夹断长鱼（夹伤的长鱼养不长，会死），也不能用力过轻，过轻，虽然有齿，也会使长鱼滑掉。有经验的照长鱼人常常一手拎灯，一手握夹，照到一条长鱼，蹲下身子，轻轻一夹，往鱼篓里一放，长鱼就成为篓中之物了。

照长鱼在我的老家，可以说是夏夜的一道风景。星月朦胧，蛙鼓声声。广袤的田野上，一盏盏昏黄的灯火在田埂边移动，看不见人影，听不见人声，只有灯火在游走。一直到深夜，这些灯火才渐次消失。而第二天早上，就有不少人背着鱼篓来到集镇的鱼市上，叫卖长鱼，尽管价格很低廉，但到底可以卖得几个钱，解决一点家庭的开销。我也是那时卖长鱼人中的一员。靠着照长鱼，我解决了上学的学费、书钱，解决了书包、文具的支出，有时甚至还能贴补一点家用。

如今，在老家的水田、沟河里，早就不见长鱼的踪迹了，夏日的夜晚，也再看不到照长鱼的灯火了。农药、化肥的过度使用，破坏了长鱼野生的环境，长鱼的生存繁衍只能依靠人工养殖了。尽管长鱼仍然是人们餐桌上一道价格不菲的菜肴，可与那野生一族已经不可同日而语了。

跳舞的泥鳅

在老家,过去人是从来不吃泥鳅的,一般也很少捉它,任由它们在水田、沟河、泥沼中自在生活。虽然它也算是鱼,但那猥琐之态为人所不屑,更别说吃了它会引发肚疼毛病,因而,几乎没有人知道它也是一种高蛋白的美味呢。

人不吃,鹅鸭之辈倒是一点儿也不客气的。水中打食时,只要碰到泥鳅,就会张开两片如钳夹嘴,将其吞进喉内。有时,主人在水田或河沟里捉到几条泥鳅,也会带回家,扔到鹅栏鸭舍里,犒劳一下那些伸长脖子嘎嘎而鸣的家禽们,好让它们能多生几个蛋。

大量捕捉泥鳅是在老家养了一种名叫"洋鸡"的家禽之后。这种鸡全身羽毛雪白,鸡冠血红,生长速度快,产蛋率高。生产队盖了养鸡场,饲养了几千只这样的"洋鸡"。除了吃糠和菜拌和起来加了添加剂的混合饲料外,还喜欢吃泥鳅、鲦鱼、螺蛳、蝌蚪等活食,活食吃得越多,长得越快、越大,生蛋越早、越多。队里就安排人捉泥鳅等活食,给"洋鸡"吃,每捉一斤,可记二三分工。于是每年的夏秋季节,洋鸡养殖的旺季，队里不少半大的孩子就会把捉泥鳅当作挣工分和满足自己顽劣好奇之心的一项有趣的活计而争着去干。

捉泥鳅的工具一般是提罾。泥鳅大多喜欢生活在沟渠里，常常钻在泥沼中。每个生产队都纵横交错着若干条大大小小、深深浅浅的灌溉渠，这些渠道里大多残留有不流动的渠水，这是泥鳅最喜欢生活的地方。捉泥鳅时，人站到沟渠里，将提罾放进水里，一只手压着提罾上面的骨架，一只手握着敞口一边的提竿，用脚在水中扭动，将潜伏在泥水里的泥鳅、小鱼等向提罾里赶，然后提起提罾，泥鳅以及其他一些杂鱼就会被网在罾里，用小网兜一兜，倒进鱼篓里。如此连续不断地在水渠里向前移动，重复这样的动作过程，一条条泥鳅就会被捉上来，背上的鱼篓就会越来越沉。一天下来，捉上一篓半篓泥鳅，挣上十几，甚至几十工分，并不是多困难的。

对于十几岁的孩子来说，捉泥鳅是很有趣、很刺激的一项活动。虽然也辛苦，身上都要弄得像泥猴似的，有时脚踩到蛇还会受到惊吓，有时脚被玻璃划破还会流血。但这些又算什么呢？十几岁的孩子，对一切都很好奇，对一切都想尝试，对一切都敢冒险。放学后，假日中，扛上提罾，背上鱼篓，下沟入渠，打鱼摸虾，一身泥水，一身鱼腥，俨然就是一个渔家后代，一个小渔娃。这样的生活，就是对今天的孩子也是挡不住诱惑的。

捉泥鳅的人多了，本生产队以及邻队的水渠被捉遍了，甚至捉过多遍了，泥鳅就少了，再捉就要到远一点的地方了。记得有一年夏天，我曾跟哥哥一起有过一次远征捉泥鳅的经历。那天早上，哥哥骑着自行车，我扛着提罾，坐在车后座上，鱼篓吊在自行车后座一侧。我们到离家十多公里的地方寻找没被捉过的"处女"渠。途中经过一段石子路，自行车轮在石子上打滑，车子一翻，我双膝跪地，尖利的石子把我的膝盖硌得鲜血淋漓，我疼得坐在地上半天起不来，哥哥掀开我的裤腿，将粘在伤口上的细砂石子拣净，然后把我搀扶起来。我一看，吊在车后座旁的鱼篓被压扁，提罾被抛到几丈远的地方。我一瘸一拐地去将提罾捡回来，哥哥将压扁的鱼篓校正。我们又骑上自行车，向目的地进发。在九点多钟的时候，终于到了目的地。这个地方哥哥以前曾来过，知道沟渠很多，而且没有大规模养殖"洋鸡"，估计沟渠里泥鳅以及其他的杂鱼不少。果然，在一条沟渠里几网提下来，泥鳅杂鱼确实不少。我和哥哥都很兴奋，我更是忘记了膝盖的疼痛。哥哥在沟渠里扭动双脚，一会儿拎起提罾，那肉嘟嘟的泥鳅在网里跳动着，就像在跳舞，让我惊喜和跃跃欲试。我叫哥哥上来，让我下去捉一会儿，哥哥说你的腿伤了，不能浸水，还是在岸上拎鱼篓。我虽有点失望，但拎着沉甸甸的鱼篓，心中还是充满欢欣、快乐。直到鱼篓里装不下了，时间也已过了正午，肚子也有点咕咕叫了，我们才满载而归。

多年以后，我曾经看过一个名叫《摸泥鳅》的少儿舞蹈，活泼、欢快的音乐声中，三个小男孩，身背鱼篓，蹦蹦跳跳，模拟着摸泥鳅的各种动作，一会儿紧张，一会儿惊喜，一会儿并肩同捉，一会儿相互打闹，小孩子的淘气、可爱，在摸泥鳅的游戏中，表达得活灵活现，让你获得一种非常美好的感受。我很感惊讶，我少年时代曾经从事过的那种又脏又累的劳动，竟然会这样美地呈现到舞台上，这让我的回忆增添了许多诗意，增添了许多美好。

诗意的罱泥

河底的烂泥取上来，经过沤制，是极好的垩田的有机肥料，因而罱河泥就成了农村一项既可积肥，又可清洁河道的重要农活。四十多岁从农村出来的人，都见过罱河泥，岁数再大一点的甚至还亲历过罱河泥。这是一项又累又脏的重体力活，又是一项每家每户都要参与的活。公社化年代，生产队统一分派农活，人们集中上工、下工，谁不想干点轻巧活、干净活？但河泥是不可不罱的，一年四季，特别是田里农事稍闲的冬季，罱河泥成了主要的劳作。

罱河泥要两人配合，一人用罱捞泥，一人用篙撑船。捞泥者体力消耗大，一般都是力大的成年男人，大劳力，撑船者可以是男人，也可以是女人或老人，体力消耗相对要轻一点。每到罱泥的时候，队长就根据各家劳力状况，搭配人员轮流罱泥。劳力多的人家，就独户上船，有老子与儿子一起罱的，也有男人与女人一起罱的。劳力少的人家就两家合并，各出一人，就有这家的男人与那家的男人一起罱的，也有这家的男人与那家的女人一起罱的。一般一次安排、组合好后，就相对稳定，一连几月，甚至几年，只要到了罱泥的时候，配好的搭档大多不再有什么变化。

罱河泥的用具除了船之外，最重要的是要有一副好罱。罱用竹片、竹篙和很密的麻网或塑料网制成。先在两根平行的长约一米、坚硬而有韧性的竹片上张一个网，再用两根下端交叉着的竹篙与竹片垂直相连，夹动竹篙，罱如蚌壳开合。罱泥时，人立船边，双手握住竹篙，张开网口，将罱探到河底，然后使劲夹紧竹篙，河泥就会被夹进网里，再借助水的浮力，将罱网提上船舱，松开罱夹，"哗啦"一声，那乌黑的河泥就滑进船舱。如此不停重复，河底的烂泥就会被源源不断地捞上来，原本空荡荡的船舱就会渐渐地满起来。清代诗人钱载的《罱泥》诗很形象地写出了罱泥的过程："两竹手分握，力与河底争。……罱如蚬壳闭，张吐船随盈。"诗人的笔下，罱泥是这样的充满诗意。可对于农民，特别是那些缺少劳力的家庭来说，罱泥是他们沉重的负担。

每当到了哪家罱泥的时候，家人必早早地起来，煮早饭时，都会在粥锅里多放几个山芋，或捻几个面疙瘩，让罱泥的人吃饱肚子不易饿。条件好一些的人家，还会做上几块饼，带到船上，待肚子饿时吃"接上"。一般情况下，两个大劳力轮换罱，一天能罱三四船河泥，如是一个大劳力同一个妇女或老人罱，一天最多只能罱两船。船罱满后，还要用豁锹（一种木制甩泥工具）将泥豁到岸边的泥塘里。泥塘是事先挖好的，专门用来沤制河泥肥料的。船靠岸带好后，两人各拿一把豁锹站在船舱两边舀起船中淤泥，一下一下很有节奏地由低处向高处豁去。一船泥豁下来，不要说早上吃的是粥和山芋、面疙瘩，就是吃的是铁，也会消耗殆尽，再有力气、再有韧劲的人也会腰酸臂痛、筋疲力尽，甚至会瘫如一堆稀泥了。连续几天泥罱下来，河风吹、太阳晒、水汽蒸，人会又黑又瘦，脱去一层皮。

生产队对罱泥人是按船记工分的，一般一船泥十五至二十工分。罱的船数多，工分就多。为防止有人投机取巧，船罱不满，或水多泥少，甚至多报船数，队里就专门安排了一个人看船。每当船靠岸边准备豁泥时，就喊这个人来验看一下，合标准的他就发一根筹码给你作为记工分的依据。看船人是个残疾人，少一只膀子，是抗美援朝时丢掉的，回乡后，就基本不干什么农活，但仍拿着与大劳力一样的高工分。队长因材施用，让他看船。开始他很顶真，每一船都要亲自上船用豁锹试一下泥水的多少，看看是不是满船。人们知道他的脾气，也不跟他计较，照样递烟给他抽。有一次，罱泥的也是个邪头，不买他的账，故意未罱满就喊他来验看。他来一看就跟罱泥人较量起来，说只能算半船。罱泥人说，你到船上来看看，我这泥厚，加点水不就满了？他就上船，刚走到跳板上，忽然船一颠，跳板滑到河里，他歪扭着身子，舞动着一只胳膊，一头栽进船舱的泥水里，弄得满头满身污泥，嘴里呛了几口泥水。从此看船时，再也不敢上船，只是远远地看个大概就完事了。久而久之，他看船更马虎了，有时甚至根本就不来看。有一回队长到河边来，看到一条罱泥船上的人正在往塘里豁泥，豁上来的几乎全是水，没有什么泥。队长起了疑心，到船上来查看，发现一船泥有半船水。队长就找看船人，喊了半天才将他喊到，气得骂了句"叫你看船，你负的什么×责任！"此后，"独膀儿看船，负×的责任"的歇后语就在全大队流传了开来。

　　罱泥虽苦，也有乐趣。罱累了，停篙坐在船头上休息，喝上一碗茶，吸上一袋烟，说上几句笑话，此一乐也；罱网里扒上来河蚌、鱼虾，捡起来放在船头小舱里，带回家打打牙祭，喝点小酒，此二乐也；至于一男一女同船罱泥，罱出点什么故事，更是苦中之大乐也。这样的事，在老家也发生过，在乡村里也是不奇怪的。罱泥人也是有血有肉的人，苦中他们也要娱乐。

第二辑　一条游向老家的鱼

我向老家奔去，可两腿沉重得一步也迈不开；我大叫着"爸爸"，可嗓子眼儿像被堵住发不了声。我只能跳到河里，变成一条鱼，拼命地向前游。父亲好像也跳入水中，也变成一条鱼。离我很近，又似离我很远，我总是抓不到他。

一条游向老家的鱼

有人在喊,声音不很清楚,人影也有点模糊,似乎喊的是我的乳名,似乎有什么急事在唤我。谁呢?——哦,是父亲,正站在老宅门前向我招手呢。竹子一丛丛在屋后立着,知了在河边高树上嘶鸣。我向老家奔去,可两腿沉重得一步也迈不开;我大叫着"爸爸",可嗓子眼儿像被堵住发不了声。我只能跳到河里,变成一条鱼,拼命地向前游。父亲好像也跳入水中,也变成一条鱼。离我很近,又似离我很远,我总是抓不到他。心中一急,倏然惊醒——原来做了个梦。

思绪如一只"吱吱"鸣叫的蝉,穿过夜空,真的飞回了老家,飞回了那个生我养我的、住着我年迈双亲的老家。

想到老家,心中却生出不安和愧疚。父母不愿随儿女进城,他们住惯了那个生活了一辈子的"老窝",在那里舒心、自在。儿女在满足他们心愿的同时,理应"常回家看看"。可就是这个唱着感人、说着轻巧的五个字,做到却不易。远在天涯姑且不论,近在咫尺也难有归期,一个"忙"字常成托词,其实哪里就忙得回家看父母的工夫都没有了呢?即如我，家离不远，只要愿意，用不了一小时，就可与它亲近。可是半年多来，我只回去过两次，用于陪伴父母的，用于跟父母说话唠嗑的，加起来不到一天的时间。

再近的家要是不回，也无异于远在天涯啊！

梦中父亲已在呼唤：归去！归去！

然而，还没来得及安排归程，翌日下午，家里突然打来的一个电话，却让我立即就往家赶，而且是叫了120急救车，在傍晚天色将暗、天气闷热得将要下起雷雨的时刻，回去了。

父亲病了，躺在床上，发寒发热，上吐下泻，连一点站的力气都没有。中午还在地里薅了黄豆草的，吃午饭时人还好好的，下午突然就犯病了——电话里大嫂说得急迫，说得让人惊骇。这大热的天，莫不是中了暑，或者食物中了毒？要知道，父亲已是八十岁高龄，可不能出什么意外啊！

急急忙忙，将老父接到城里，住进医院，请来医生会诊、治疗。等一切都安顿下来，得知没什么危险后，我才细细询问父亲生病的缘由。而这一问，让我猛然醒悟，因为不常回家，我对老人的生活了解得实在太少。他们每天在干什么？心里在想什么？每天吃的是什么？他们有了一点头疼脑热身体不适是不是能撑就硬撑着？是不是一切还都想自己扛着不愿给子女增添麻烦？……这些，我竟都不知道，竟都忽略了！

父亲在医院住了几天，这让我有了一次照料、陪伴父亲的机会。母亲在家不放心，要来医院，我将母亲也接过来。母亲生过大病，身体一直很瘦弱，但她来了就不肯闲着，还叫我晚上回家，有她在这里就行了。我不让母亲操心，只要她陪着父亲就行。晚上，病房里静下来，我就跟父母说话。我说地已经流转给种植大户了，哪里还有黄豆田呢？父亲说是河边的一点废地，荒在那里可惜，就种了点黄豆，长得不错呢，估计能打几十斤黄豆呢。父亲说完笑了，笑得还有一点得意。母亲说，我叫他不要弄，他一定要弄，那天中午，死热的天气，他一定要去薅草，回来吃饭时就喊头有点晕，不过不弄点活计做做，你叫他在家闲着，难过呢。母亲还说，已经发热发寒泻肚子了，他还跳到河里去洗了一个澡。父亲说，不到河里去洗怎么办？身上都脏了……我本想说说他们，但又不知如何开口。我能责备他们吗？我能说为了几十斤黄豆弄出病不值得吗？一辈子跟土地、庄稼打交道，勤劳、俭朴惯了的人，你怎么能够让他割断跟泥土的那份情？你怎么能够改变他那已经深入骨髓的秉性？只是父亲"跳到河里洗澡"这件事让我心惊，我在梦中分明见到父亲也跳下了河，难道这是父子之间的一种心灵感应？

看着老迈、瘦弱的父亲、母亲，看着他们脸上流露出的不甘和无奈，看着他们那既不想给儿女增加负担又不得不依赖儿女的神情，我的心中说不出的滋味。我想，每个父母都希望子女能"远走高飞"，能走到更远、更广的天地，可作为子女，在父母年老之后，最大的孝顺、最好的感恩是什么呢？无疑是能多多回到父母身边，多多陪伴自己的父母！

晚上，躺在医院病房里，听着父母轻微的鼾声，我渐渐入睡。我又做了一个梦，我真的变成了一条鱼，摆着尾巴，向一个叫作老家的方向游去。

竹园垛

竹园垛不大，只一公里左右见方，四面环水，东南西北各有一座桥与外界相通。这样的地形，使得竹园垛像一座浮在水上的垛田，具有独特的水陆景观和自然风貌。

在我的记忆中，老家有许多村落，村落的周围，有大片大片的竹园。每户人家的门前屋后都栽有一丛丛青竹。一年四季，这些竹子，成片成林的，密密匝匝、绿绿葱葱，充满勃勃生机；数竿独处的，亭亭玉立、枝绿叶翠，充满诗情画意。走遍整个竹园垛，到处会感受到这种生机、这种诗意。

据村里老一辈人说，古时候，这里并不叫竹园垛，也没有成片成垛的竹子。有一年这里瘟疫流行，村人死伤大半，许多青壮年都染疾而亡。自此以后，这里一直人丁不旺，不少人家几代单传，有的姓氏几乎就要绝后。后来，天降神谕"要得子，栽竹子"。村民们立即从外地引来种竹，在每个村落里都栽上了青枝绿叶的竹子，数月之间，整个村庄就淹没在一片片竹丛之中。竹子栽下后，当年就有不少多年不孕的妇女怀上了孩子，几年时间，就出现了人丁兴旺的局面。若干年后，这里竹子越长越旺，放眼望去，全村成了一片竹海，而许多人家也是四代同堂，甚至五代同堂。"竹园垛"也成了这里的地名。据说，由于竹园垛竹子能够带来人丁兴旺，方圆几十里的人家儿子结婚、姑娘出嫁都赶到竹园垛来要上两根竹子，做新房里挂绣帐的竹竿。

这些当然是传说。不过，竹子确实给竹园垛村带来了灵秀、带来了繁茂、带来了丰实。人们爱竹、护竹，谁要是随便砍伐竹子，准会遭到众人的谴责；谁要是在春天偷偷挖竹笋子，更会被视为"败家子"而受到严厉的惩罚。就是人们编凉席、竹篮、箩筐等，需要竹子用，都挑了又挑，选了又选，尚未成熟的嫩竹是绝舍不得砍的。在村民们的心目中，竹子是他们的命根子，竹子是他们的一切希望所在。

虽然那时我们还没有读到苏东坡"宁可食无肉，不可居无竹"这句话，由于受大人的影响，从小我们对竹子也充满了喜爱，并且为生活在这样一个有竹的地方而感到自豪。有人问我们是哪村的，我们都会大声地告诉他们是竹园垛村的，仿佛"竹园垛"三字具有特殊光彩似的。每至假日，竹园就成了我们的乐园。我们几个小伙伴常常钻进竹园里，捉麻雀、套知了、捕螳螂，扯下竹叶编草帽，用竹叶做叶笛放在嘴上吹，偷偷砍下一根竹子，剥出竹膜做笛膜。有一次我在剖一根竹子时，由于用力过猛，刀砍到手上，砍成一寸多长的口子，鲜血直流，至今手上仍留有印痕。那时，我们所玩的东西，如弹弓、鸟笼、风筝……哪一样不是竹子做成的啊！由于竹给我们带来了快乐，竹林里常常充满了我们的欢笑声；也由于我们对竹的偷砍乱折，常常也受到大人们的责骂和惩罚。然而，童年的眼泪也是欢乐的。

竹子多，必然篾匠也多，篾匠多，必然竹器就多。我的老家竹园垛可是远近闻名的竹器之乡。竹席、竹篮、竹筛、竹箩、竹匾……数竹园垛品种最齐全、式样最美观、质量最好。哪家要是想做篾器，只要听说是竹园垯的篾匠，都十分放心，到镇上买篾器，也拣竹园垯的篾器买。据说，竹园垯的篾匠用竹园垯的竹子做的凉席，又柔又韧又凉快，能传几代。竹成为上天对竹园垯人的恩赐，竹为竹园垯人带来了富庶和繁荣。

如今，在竹园垯村已经很少看到竹子了。在竹园垯村繁衍了若干年的竹子、给竹园垯村带来了无限好处的竹子，在那个特殊的年代被当作"资本主义尾巴"全部砍掉了，那一座座青枝绿叶、郁郁葱葱的竹园都剩下光秃秃的竹根了。不少人家干脆连竹根也翻掉了。既然竹子成了资本主义了，不连根铲除还想干什么呢？只几年工夫，竹园垯可以说是一竹不存，真正是有其名而无其竹了。而在多年后的行政区划合并中，竹园垯村跟另一个村合并，改叫另外一个名字，作为行政村村名的"竹园垯"也不存在了。

这几年，我经常回家。不管是假日，还是春节，我都要在老家住上几天。我在老家的唯一活动就是散步。我喜欢到田间地头散步，到河边沟坎散步，到庄前屋后散步。这些地方，过去都是青竹遍地的啊！这些地方，过去都留下过我的脚印、我的欢笑、我的梦想的啊！尽管人是物非，竹园垯永远是我的家园，竹永远是我心中的圣物！

桥的故事

老是在梦中出现那座桥。尽管河已干涸，桥早不存。

那是一座木桥，横跨在村前那条河上。桥面很窄，由三块木板拼成，五六十公分，河道很宽，两岸相距有十几米。桥分三段，中间有两道人字形桥桩。因桥板薄，每天人在桥上走，天长日久，桥板向下弯成弓状，让人感觉随时都会掉下去。由于河里船多，桥桩常被撞坏，有时发大水，桥板、桥桩也会被冲走。这时，村里就会安排人抢修，砍树的、拉锯的、打桥桩的、架桥板的，不到半天时间，就会将桥修好。村里人离不开这座桥。

我在很小的时候，唯一不敢走的就是这座桥。我常常一个人站在桥头向对岸张望，我感到对岸很神秘。为什么这么多人要从桥上向对岸走去呢？为什么早上从这座桥上出去的人晚上回来时会带回花布、糖果呢？我真想自己能快点长大，也能从这桥上大摇大摆地走过。有一天，我大着胆子，试着踏上了桥板。我从岸边慢慢往桥上移，移到快中间的时候，我往桥下一看，吓得胆战心惊，脚下的桥板好像晃动起来。我想回头，可连转身都不敢，只得小心地蹲下身子，趴到桥板上。我多想此时能有过桥的大人啊，可桥两边一个人也没有。我只好往回爬，待爬回岸边时，浑身泥巴、鼻涕，满手污黑。从此，我再也不敢贸然上桥，只能是一个人站在桥边发呆。

当我渐渐地长大，一个人敢独自过桥的时候，才知道，这座桥是连接我所生活的小村和外面世界的通道。走过这座桥，可以去一个繁华的小镇；走过这座桥，可以去一所热闹的学校；走过这座桥，可以看到很多的人，可以听到很多的事；走过这座桥，可以感到外面的世界很大、很精彩。

有一年夏天发大水，雨连续下了一个多月，河水齐岸、汹涌而流。木桥被冲垮了，桥板随水流翻滚而去，只剩下桥桩光秃秃地竖在河里，东摇西摆。村民们站在河岸上，眼睁睁地看着桥板被冲走。这时，刚从部队退伍回来的银根猛地从人群中冲出，沿着河边向远处追去，直到超到桥板前面他才跳进水里，迎头拦截桥板。哪知，被水浪翻卷着的桥板一下打到了他的身上，很快水流就将他卷走了。随后赶到的村民们个个都惊呆了，他们不敢相信这眨眼间发生的惨剧。人们沿着河岸，边呼喊，边寻找，最后终于找到了银根。那块桥板自然也被打捞了上来，可银根却是用桥板抬回来的。

村民们把银根葬在桥边，还为他立了一块碑。上面也来了人，为银根写了文章、登了报，还追认银根为烈士。小村因此出了名，小桥也因此出了名。

离开家乡去外地读书前，我手捧画板，坐在小河边，面对木桥，凝神构思。我要把木桥画下来，画到我的画稿上，更画到我的心灵中。我调好色彩，手执画笔，画桥身、画桥桩、画那似弯弓的桥板、画桥下的流水、画两岸的绿树、画银根的墓和那孤零零地立着的墓碑……我带着这张画，走过木桥，与我生活了多年的小村告别，与我的父母和乡亲们告别，与小河告别，与木桥告别，走上了一条通向我未来人生的路。

多年以后，当我回家的时候，迎接我的已经不是那座狭窄的木桥，原来那条弯弯曲曲的河道已被填平，穿河而过的是一条平坦宽阔的大道。木桥的痕迹已经不存，唯有河岸边银根的墓碑尚在，上面字迹的颜色也已剥蚀，围栽在墓的四周的几株松柏在秋风中显出几分孤零和萧瑟。大道上不时有人群来来往往，有步行的，有骑自行车的，还有骑摩托车的，都是一些陌生的面孔。

我伫立在墓碑前，想，从这儿匆匆经过的人群，有几人知道，这里曾有过一条河，河上曾有过一座桥，桥边曾发生过一段悲壮的故事？

小河之恋

这里曾有一条小河，它西接南北走向的老闸河，与新老通扬运河相通，向东延伸几百米然后转弯向北。它既是我村与别村的分界，也是我村生存的命脉。村里人畜饮水、农田灌溉全赖于它，不知它绕村流淌了多少年，反正打从我一出生起，这哗哗流动的水声就成了我童年的歌谣。

然而，当我在 21 世纪之初的某一个秋日的下午，伫立于这条小河边时，我再也见不到那炫目的波光了。这条曾经碧水如练、清流潺潺的小河早已干涸了，河底淤积的沙土以及不知从何处运来的垃圾、污染物已差不多将河道填平，少数几处低洼地，也成了死水沟，发黑的水面上漂浮着沤烂的树叶。河岸两边，那曾经长得丰茂繁密的碧草绿树早已不见，裸露的黄泥沙土干燥得龟裂成一道道口子。这曾被村民们争着种植的"十边隙地"再也无人问津。

小河死了！

我在河边慢慢地移动着沉重的脚步，我不忍再看眼前小河的惨景。恍惚间，昔日小河那欢快奔流的身影又在我的脑海里跃动。

哦，是在这里吗？我们一群十多岁的小伙伴瞒着大人，偷偷来洗澡。我们脱光了身子，把衣服放在岸边的高墩上，跳进水里。这里的水比别处浅，我们先是学会了狗爬式，后又学会了扎猛子。我们在水里互相抓烂泥扔，击中者浑身被烂泥涂得乌黑，只好钻进水里，洗净身子，然后也抓上一把污泥猛地扔向对方，引得满河的笑声。也有被污泥打痛了，又呛了水哭起来的，这时，其他的孩子就围过来哄劝，那惹事者也像犯了错似的钻在水中躲到一边，一会儿也就破涕为笑，言归于好。回家后，如有人说漏了嘴，让父母知道了，往往都要招来一顿责骂。后来，大人们就跟我们讲"水鬼"的故事，说这河里曾有人淹死，淹死的人要变成水鬼在河里摸螺蛳，摸七十二条河才能转世投胎，如果有人下水，他会拖住你当替死鬼，让你去替他摸螺蛳……我们听了，就都毛骨悚然起来，有好长一段时间都不敢下水。待到年龄稍长，知道这是骗人的鬼话，才又毫无顾忌地在水中嬉戏。

哦，是在这里吗？我和叶子一起躲在河边的槐树下烧野锅。我们从田里偷偷掰来玉米棒子，扯来一大堆枯草黄叶，然后用小锹挖一个坑，将枯草黄叶塞在里面点燃，再用一根铁丝穿住玉米棒子放在火上烤。火熄了，我们就撅着屁股，伏在地上用嘴吹，火猛地着起来，能把眉毛、头发都烧掉。待到身上像泥猴儿，脸上手上乌黑，才将几只玉米烧得焦一块、黄一块。这时，我和叶子就坐在河边吃玉米。我问叶子好吃不好吃，叶子说太好吃了！我就很得意。我对叶子说，只要你跟我好，我就天天带你来烧玉米吃。叶子说，我跟你好。我们就拉勾，拉完勾后，我就装着吃饱的样子，拍拍肚子说，不吃了，这一半给你吃。然后我就下河洗澡。我正要脱光了身子，叶子突然大叫起来，说好不要脸，好不要脸。我又羞又气，说，谁叫你看，你转过头去不就得了？叶子终于转过头去。我急忙扯下裤衩，扑通一声钻进水里，待到叶子转过脸来，我正向她做鬼脸呢！这晶莹如露、澄明如玉的少年纯真之情啊！

哦，是在这里吗？我第一次学会骟泥，开始我作为一个"男子汉"

的劳动生活。我跟父亲同船，先是父亲罱泥，我撑船。几天后，我从父亲手中接过罱泥的扒口，学着父亲的样子，把扒口沉到河底，双手用力揿着竹篙，顺着船的移动，扒口在河底扒满淤泥，然后，借助水的浮力，慢慢往上拎，待到扒口露出水面，我咬紧牙，吸口气，猛地一提，将满满一扒口河泥倒进船舱。父亲在船尾撑篙稳船，不时指指点点。父亲说，男人的力气是练出来的，男人的活计也是练出来的，不练出满身的力气，不练出一手好活计，将来怎能成家立业？怎能顶天立地？我记着父亲的话，尽管年龄小，臂力弱，可我总是一声不吭地罱着，直到将一船罱满，靠到岸边，才稍微歇一会儿。这时全身的骨头像散了架，双手磨出的血泡如针扎一样疼，两腿也似灌了铅，迈不开步。等到父亲的一锅烟吸完，又要开始豁泥。我跟父亲各拿一把豁锨，凭着惯性，把泥一下一下地从船舱里往河边的泥塘里豁。妈妈这时从家里拎来茶水和面饼，我们就停下来，一边喝茶吃饼一边说些闲话，疲劳也像顿时消失了似的。父亲吃完照例要再抽一锅烟，母亲则爬到船上，拿起豁锨豁起泥来，以减轻我们一点负担。这样的劳作尽管在我少年时是一种超强度的体力透支，但却使我从小就锻炼出了强健的体魄和坚忍的意志。

啊，是这里，是这里！……虽然一切早已面目全非，但那洗澡脱衣的高墩、那烧野锅的灶坑、那豁泥的土塘，依稀还可见到一点痕迹啊！河流虽然死去，但它的精魂却永存于我的心中。我是经过它的滋润、浇灌、洗礼而成长起来的农民的儿子，我忘不了它！

没有河流，大地就没有灵气；没有河流，人类便没有梦想；没有河流，世界将是一片荒漠！

啊，我心中的小河，我梦中的小河，你听到我的倾诉、听到我的呼唤了吗？我多希望，你还会活过来！我多希望在农村已经用上自来水的今天，还能找到可供人们尽情饮用的清流；在乡间也已建起游泳池的今天，还能找到可供人们裸身洗濯的碧波！

玉米秸

又到甘蔗上市的季节了,大街小巷摆满了甘蔗摊,那一根根甘蔗紫中透黑,表面覆盖着一层白霜,好像晨雾中挺立的墨竹。买上一根,啃去外皮,里面是蜂蜜一样晶莹透黄的甘蔗肉,咬上一口,细细咀嚼,那清凉、甘甜的汁液顺着喉咙流入肚内,滋润干渴的心田,别提有多美了。

看到满街的甘蔗,我就想起我的童年,想起家乡那片玉米田。

我们这地方不产甘蔗,童年时候的我,从没吃过甘蔗。但是,我们这里出产玉米,那玉米秸跟甘蔗差不多,绿中泛白,根部呈现浅浅红色,吃到嘴里甜丝丝、凉津津。收获季节,大人们掰下玉米棒子后,那成片的玉米田就成了孩子们的乐园了。我们成群结队钻入茂密的田地里,每人掰上几根玉米秸,先坐在田埂上吃个够,然后再掰上一捆,扛在肩上,学着电影上在青纱帐里打鬼子的游击队的样子,排着队伍,走出田地,唱着刚刚学来的半会不会、颠颠倒倒的歌儿:

河东河西高粱熟了,

青纱帐里抗日英雄真不少，

万山丛中游击健儿逞英豪。

端起了土枪洋炮，

扛起了大刀长矛。

……

那时，农村的孩子日子过得很苦，一星期难有一顿饱饭，一个月难有一顿肉，填进肚皮的尽是萝卜饭、山芋粥，小小年纪便已饱尝了生活的艰辛。唯有青枝绿叶的玉米秸，带给了我们童年的欢乐，唯有葱绿茂密的玉米田孕育了我们童年多彩的梦。

在我家门口靠河边有一小块自留地，每年爸爸妈妈都要种上玉米苗，收获几十斤玉米，磨成面粉，聊补口粮之缺。一年夏天，爸爸妈妈到田里干活去了，同村的几个孩子来我家玩。他们想吃玉米秸，我一点没犹豫，去河边掰了几根。正是玉米将熟未熟的季节，每根玉米秸上都有几个大玉米棒子。怎么办呢？为了"销赃灭迹"，我将玉米棒子扔进河里，放心大胆地和伙伴们啃起了玉米秸。我们咀嚼着童年的友情，吮吸着孩提的欢乐，那甜甜的汁液从嘴角流出来，从心里流出来……

几天以后，罱泥人在我家河边罱到了十几个大玉米棒子。爸爸妈妈知道后，骂我"讨饭货"，狠狠地揍了我一顿。晚上，妈妈到罱泥人家里去要玉米棒子，罱泥人不给，说是拾的河里的，凭什么给你，已经吃掉了。妈妈气得跟人家吵了一架，回到家哭了一夜——那十几个玉米棒子可够一家人饱饱地吃上一顿啊！

童年的玉米秸，既有香甜的汁液，也有苦涩的泪水。

今年暑假，我和女儿从城里回到乡下老家。踏上家乡的土地，我放眼四望，扑入眼帘的是绿浪翻滚的稻田，再也看不到那成片的玉米田，再也寻不见那整齐的绿色方阵，儿时的梦只能永远珍藏在记忆之中了。

然而，令我惊奇的是，在我家门口靠河边那块地上，仍然生长着几十株玉米，秸壮叶翠，亭亭玉立，沉甸甸的玉米棒子插满枝秆。父亲告诉我，家乡"旱改水"，已经好几年不种玉米了，这几株玉米是种给你们吃的，物以稀为贵嘛。

我感谢父亲！在我心中，这几十株玉米不仅是物稀为贵，它的一枝一叶凝结着我童年的欢乐和眼泪。我牵着女儿徜徉在玉米地里，仿佛又回到了童年。我折下一段玉米秸，递给女儿。我告诉女儿，这玉米秸，是爸爸小时候最爱吃的，赛过甘蔗呢。女儿很高兴，接过玉米秸，咬了一口，嚼了嚼，随即吐出。"爸爸骗人，一点儿不甜，哪有甘蔗好吃！"我弯腰捡起被女儿抛到地上的玉米秸，咬一口到嘴里，细细咀嚼，清凉如旧，甘甜依然。女儿未曾经历过那个时代，如何能够品尝得出其中的苦辣酸甜？

啊，我的玉米秸，我的童年！

爷爷的歌谣

麻壳子,红帐子,
里面住着个白胖子。

这是在我童年的时候,爷爷经常为我们唱的一首歌谣。当爷爷眯缝着一双眼睛,笑嘻嘻地要我们猜出谜底的时候,我们总是高兴而又调皮地拖长声音大喊大叫:"花——生——"因为我们知道,爷爷又要给我们花生吃了。

但让我们这样大喊大叫的次数一年之中也不多,常常只有在过年的时候。每逢除夕夜,爷爷在忙完了所有的事情、吃过了守岁酒之后,总要把我们四个孙子叫到一起,给我们分花生。爷爷给我们每人一个小坛,然后将炒熟了的花生平均分给我们,没有谁多,也没有谁少。分完后,我们都抱着小坛回到各自的房间。或将小坛藏于柜内,或将小坛置于枕边。有了这坛花生,整个春节,我们幼小的心灵里都充满了欢乐。白天,抓几把花生放在衣袋内,一边玩,一边吃,吃得很香甜,惹得那些一起玩的小伙伴很羡慕、很眼馋；晚上，坐在铺上，临睡觉前，伸手从小坛里抓几角花生，剥出里面的仁儿，放进嘴里咀嚼，就会做上一个香甜的梦；更多的时候，舍不得瞎吃，只要看一看那小坛，摸一摸那小坛，心中就会感到无比的快乐，就会禁不住地想笑。

　　有一次，我到我的小坛里拿花生时，突然吃了一惊，我的小坛里只剩下一点花生了。我可没有舍得猛吃呀，我的花生哪里去了呢？难道有贼偷去了？第二天，我细细观察，发现小弟从早到晚嘴里花生吃个不停，他哪来这么多的花生？傍晚的时候，我终于抓住了偷花生的贼：原来小弟自己的花生吃完了，忍不住馋气，就在每天傍晚悄悄地到我的小坛里偷，被我当场抓获。我还没有怪他，更没有打他，他自己倒先放声大哭了。看着小弟那让人又好气又好笑的模样，我心中的怒气倒一扫而光了，我毕竟是哥哥啊，我将我的花生连同小坛都给了小弟。小弟却不好意思起来，只抓了一把，就溜走了。

　　这让我童年的每一个春节都过得那样香甜、温馨、有趣的花生啊！

　　　　手里有个红人儿，
　　　　头上扎的麻绳儿，
　　　　手一松，冒天宫。

　　当最初爷爷跟我们说出这个谜语，要我们猜的时候，我们弟兄几个正围着爷爷看他放鞭炮。只见爷爷用两指轻轻捏住鞭炮的下部，用香烟将上端的捻子点着，然后伸直手臂。只见捻子处火花一闪，"轰"的一声，鞭炮就飞上了天，然后又"啪"的一声，在空中炸为两截，掉到地上。放完了大鞭炮，还有小鞭，一串一串的，点着捻子后向远处一扔，它就"噼里啪啦"地炸起来。

　　每年的春节都要放鞭炮。放鞭炮，很热闹，很刺激，也很危险。童年的我们对于敢将鞭炮拿在手上放的爷爷以及其他的大人们,非常崇拜,在我们的心目中,他们就是英雄。每次放鞭炮,我们虽然都很好奇,很激动,都大着胆子站在旁边看,但一旦鞭炮捻子被点着,鞭炮就要炸响的时候,我们又急忙用双手捂住耳朵,吓得躲到大人的身后或干脆就钻到屋里。待到我们稍微长大,胆子大了一些,我们就也想尝试放鞭炮,大人就让我们放,但绝不肯我们拿在手上,而是将鞭炮立在地上,把捻子撕开,我们拿着香烟头,点燃捻子,然后很快地退缩到远处,双手捂住耳朵,眼睛死盯着鞭炮。这时,"轰"的一声,鞭炮飞上了天,然后又是"啪"的一声,在空中炸为两截落到地上。我们都欢呼起来。有一次,哥哥点的一只鞭炮好长时间都没有炸,哥哥以为捻子没点着,就又跑去重点,哪知拿着烟头的手还没有伸过去,突然"轰"的一声,鞭炮炸起来,火灰纸屑喷了哥哥一身,吓得他跌倒在地,连滚带爬,还好,火药没有溅到眼睛里,只把衣服上烧了两个小洞。我们一面耻笑哥哥,一面也为哥哥后怕。而他自此以后却再也不敢放鞭炮了。

  岸上来了一趟鹅,
  扑通扑通跳下河。
  ……

  几乎每一样东西,爷爷都可以说出一个谜语来,爷爷的声音很好听,说谜语时,就像唱歌一样,有趣极了。
  正月初一、元宵节,家家户户都要吃圆子。圆子,是一种用糯米粉做成的球形食品,多煮着吃。吃圆子,喻示着团团圆圆。我家的圆子都是奶奶做。每年的三十晚上和元宵节这一天,奶奶都早早地将糯米粉和好,将馅儿弄好,然后开始做圆子。做圆子也有诀窍,馅儿包进去时,要将周边捏好,不能漏馅,然后开始搓。搓要轻重适度,重了,易搓破,轻了搓不圆。做好的圆子常常放在筛子里，那一个个洁白圆润的圆子，排列在一起，似玉珠银球，既悦人眼目，又诱人食欲。待到下圆子时，先将锅里的水烧开，然后将筛子捧到锅边，掀开锅盖，将一个个圆圆的、白白的圆子下到热气蒸腾的开水锅里。圆子下锅，不仅发出扑通的响声，还会溅出水花，就像一趟趟的白鹅跳下河一样。爷爷一边下圆子，一边唱着谜语。热腾腾的雾气笼罩着他那满布笑纹的慈祥的脸。我们几个围在锅边的小孩子也都开心地拍着手，跟着他唱开来："岸上来了一趟鹅，扑通扑通跳下河……"

童年的歌谣是我人生的养料，爷爷是我人生的老师。我是听着爷爷的歌谣长大的，我是在我的长辈那浓浓的亲情的滋润下长大的。在我的生命中，爷爷的歌谣会永远吟唱。

祖父的白果树

刚一到家,父亲就喜滋滋地告诉我,有一棵白果树已经结果了。我急忙去看,果然那棵最大的白果树的密密匝匝的枝叶间,缀挂着一粒粒绿莹莹、圆鼓鼓的白果。我的心中一阵狂喜:终于结果了!终于结果了!

这一排三棵白果树是祖父生前栽下的。

刚栽的时候,只有指头粗细,不足一米高。祖父为它施肥、治虫,除去它旁边生长的杂草,对它呵护有加。常常面对着它一站半天。祖父真恨不得它们立即就能长成参天大树,上面结满沉甸甸的白果。然而,一直到祖父去世,这几棵白果树仍然没有长大,更不要说结果。据父亲说,祖父去世前几天,还硬撑着身子,艰难地走到这白果树下,默默地抚摸着白果树的枝干,叹息说:"栽晚了,栽晚了!我看不到结果了!……"

祖父的祖父曾经给他留下过三棵白果树,那是三棵高大粗壮、枝繁叶茂的白果树。每到秋天,果实累累。然而,这三棵白果树却给祖父带来了厄运。先是因卖白果而被套上了资本主义的罪名,后来,又因自留地收归集体，长在自留地上的这三棵白果树自然也归集体所有。可由于生产队无法解决白果分配的矛盾，队长一怒之下，将三棵白果树全部砍倒。砍树的那一天，祖父抱住树不放，说你们不能砍，这是我的树！队长叫人架开祖父，亲自指挥。几个人锯的锯，砍的砍，不到半天，三棵树就轰然倒地。那有盆口粗的白果树干，被抬进了生产队的仓库，后来，竟不翼而飞，据说被队长弄回家做了女儿的嫁妆。

这件事成了祖父心中的痛。以后，只要谁提起"白果树"三字，祖父都像被人用刀剜开伤疤一样，疼痛好长时间。祖父一直为自己未能保护好白果树而自责、懊恨。他认为自己是败家子，他愧对祖先，愧对子女。他的祖父曾经对他说，这三棵白果树可是家中的宝物啊。那一年，村里十几户人家栽植白果树，只有他家成活了这三棵，其他人家的都枯死了。人们都说他家这块地方风水好哩！可现在，白果树何在？白果树又何罪啊？

祖父以为他这辈子再也不会与白果树打交道了。可谁曾想到，在祖父进入古稀之年后，栽植白果树成了一项政府提倡的富民工程了。眼看着政策越来越好，日子越过越舒心，祖父也响应政府号召，买回了白果树苗。他要在有生之年为子孙栽下几棵"公孙树"，他也要为他的后代留下一点宝物，让这宝物能够荫庇子孙、惠及后人。

现在，白果树终于结果了。祖父若地下有知，也该含笑于九泉了。

哦，祖父，您看见了吗？那圆圆的白果如亮闪闪的眼睛正在那碧绿的枝叶间眨动呢！

哦，祖父，您闻到了吗？那清甜的香气正从那嫩嫩的白果浆液中向外散发呢！

祖父，这是人间最美的圣果！这是您那一颗慈爱之心的结晶啊！

奶　奶

奶奶已经八十六岁高龄了。

奶奶耳不聋，眼不花，头脑清爽，说话声音响亮，家中的活儿，不要她做，她却从早到晚忙个不停。烧火煮饭，抹锅洗碗，扫地擦桌，不肯让自己有一点闲时。不管谁说什么事情，她都要插上一句。有时人说的事情她并不懂，可她仍然注意听着，尽管插话驴唇不对马嘴，或者其他人并不搭理她，却并不影响她的情绪。奶奶的精神总是很好的，可有一点常常让人担心：奶奶经常跌跟头。奶奶的脚小，年轻时裹过脚，但奶奶个子大，身体重，走路不稳，有时稍不注意，就会跌倒。这对于这么大年龄的人来说实在是很危险的，仿佛是冥冥之中有谁在护佑，奶奶跌过多次，却都有惊无险，从未有哪儿跌伤。但爸爸妈妈再不敢让她乱跑乱走，活儿也不肯她干，叫她多在家里歇息，就是走路，一要慢，二要带拐杖。可这样的限制多半效果不大，爸爸妈妈也没有办法。

奶奶是从小辛苦惯了的人，她在家排行老大，下面有两个弟弟、两个妹妹。贫穷的生活让她在很小的时候就知道了劳动的重要。虽然也裹过脚，也做过大户人家的小姐梦，但那小巧精美的绣花鞋终究与她的一双沾满泥尘的粗脚无缘。嫁给祖父后，因为祖父在外做生意，赚到几个钱，日子稍微好过一些，但那兵荒马乱的年代，祖父每出去一趟，奶奶都要日夜操心，直到人平安回来。只要在家听说哪儿出了抢劫案、哪儿出了人命案，都要心惊肉跳好长时间。新中国成立后，祖父不再外出，一门心思在家种田，奶奶的那一双小脚也在经年累月的劳作奔波中变得粗大、变得布满硬茧。不管是农业社期间，还是分田到户年代，不管是替集体出力，还是为自己流汗，奶奶始终是土地上的一个好劳力，含辛茹苦，任劳任怨，尽心尽力。虽然她不能做挑担挖沟那样的大活计，但力所能及的活儿都干得很细致、漂亮，让人放心、让人称道。直到奶奶进入老境，渐渐失去劳动能力，成为一个只能照应家庭门口、做做家务杂活的老人。

　　奶奶手很巧，最拿手的是针线活儿。她会裁衣服、做衣服，她裁的衣服式样好、用料省，她做的衣服针脚细、手工精。谁家要做催生衣，谁家姑娘要做嫁衣，谁家老人要做寿衣，都会来找她帮忙。有求上门来的，也有请到家去的。每逢这时，奶奶都是有求必应，不管自家忙不忙、累不累，自己手中的活儿先丢下，也先帮人家做，从来不要一分钱。除做针线活儿外，裹粽子也是奶奶的拿手绝活儿。不会裹粽子的人常常扎不紧，裹出的粽子像个松蒲包，到锅里一煮就散。而奶奶裹的粽子有棱有角，又紧又牢，放在地上摔也摔不破。不管什么样的形状，三角形的，六角形的，斧头形的，也不管什么馅儿的，红豆的，花生米的，火腿的，都裹得个个如样，煮出来香喷喷的，诱得人口水直流。每年端午节前，是奶奶最忙的时候，这家请，那家邀，从庄头裹到庄尾，常常别人家粽子飘香的时候，自家的米还没来得及淘呢。奶奶常说，能为人做一点好事、善事，就是多为自己积一点德，将来会有好报哩！

　　奶奶心地善良。有一年，奶奶在公路上被一辆摩托车撞倒。那骑摩托车的人见撞倒了一个老太太，吓得急忙想溜。路边田里干活的人又喊又叫，将那小伙子拦下来。这时奶奶爬起来，走到那小伙子跟前。小伙子以为这下完了，连忙说："老太太，哪儿伤了，我送你到医院去看。"想不到奶奶却说："孩子，没事，你走吧。"田里干活的人说："要不要去医院检查一下？"奶奶仍然说："没得事，没得事。"那小伙子既感激，又羞愧，连说这回我遇到菩萨了！这回我遇到菩萨了！可等到骑摩托车的小伙子走了，奶奶突然感到腿部一阵疼痛，挽起裤管一看，膝盖处擦破了一大块皮，血都洇到内裤上了。田里干活的人都埋怨奶奶不该放那骑摩托车的人走，说要是骨头也受伤了那怎么办？奶奶却一点也不后悔，还说那小伙子也不是故意的，这点伤回家搽点药，歇上几天就会好的。众人见她反替别人着想，都说，你这老太太心太好，真是菩萨心肠，哪个遇到你是他的福分呢！

奶奶非常爱子，对她的每一个孙子都极其疼爱。奶奶从不要我们干活儿，有什么好吃的都省给我们。饭桌上，一块肉总要搛给你，搛给他，舍不得自己吃。记得有一次家里来了客，买了鱼肉，奶奶在厨房里忙菜，爸爸和我们弟兄几个在桌上陪客人喝酒吃饭。我们都吃得差不多了的时候，奶奶才在我们的左催右喊中上了桌。爸爸搛了一块肉给奶奶，她却搛给了我，我又搛给她，她又搛给了我的哥哥，哥哥又搛给她，她又搛给我的爸爸，直到我们都要生气了，她才把这块肉吃下去。奶奶这段"让肉"的故事一时传为美谈。奶奶脾气好，不管多忙多难的事，她都不急不躁，心平气和。奶奶最大的爱好就是听广播，早上广播一响，奶奶就起床，中午广播一响，奶奶就煮中饭，广播是奶奶掌握时间的信号。奶奶不识字，自然不能看书，奶奶晚上睡觉早，也看不成电视，广播里放的古装戏的唱段和那些说书节目，就成为奶奶的"精神食粮"。奶奶还有一个爱好，就是喜欢喝一点酒。不多，只一小杯，甚至半小杯，也不天天喝、顿顿喝，更不讲究吃菜。这个爱好，奶奶已保持了几十年。我感到，奶奶喝酒的时候，是奶奶最幸福的时候。

在爷爷去世几个月后，有一天，我突然接到父亲的电话，说奶奶肚子里长了一个瘤，在肠子上，用手都摸得到，可能是肿瘤。听到这个消息，我很吃惊，也很悲痛。爷爷刚刚去世，怎么奶奶又得了这样的病？奶奶的身体一直好好的，不是说好人有好报吗？奶奶一世行善，怎么命运对她却如此不公呢？我问父亲怎么办？父亲说，医生建议开刀，但又说这么大年纪的人开刀有风险，要慎重。我跟你妈真是没主意，征求奶奶的意见，她要开，只好同意开。明天准备去住院，你帮我从市医院请一个主刀医生……我说，行，我肯定为奶奶请一个最好的外科医生。可就在我为奶奶请好了医生、定好了手术的具体时间后，爸爸却又给我打来了电话，说奶奶肚子里的瘤找不到了。原来，奶奶住进医院后，为了准备手术，要挂水、禁食。在手术的前一天，医生再一次给她进行检查，却查来查去不见肿瘤踪影，最后医生诊断可能是肠梗阻，不是瘤。大家既为奶奶病症的消除而庆幸，也为由于误诊差点让奶奶白吃一刀而后怕。医生分析说，造成肠道梗阻的原因可能是内心悲伤郁积所致。

我顿然醒悟，爷爷的去世，奶奶表面上虽然显得很平静，但内心的悲伤却是巨大的，与自己相伴相守、相亲相爱、相磕相碰了近六十年的亲人一旦离去，那种似乎毫无感觉了的、实则刻骨铭心的痛实在是人生痛的极致。我为奶奶祝福，我觉得奶奶最终还是"善有善报"的。

把爱穿在身上

十八岁那年,我刚刚高中毕业。因有绘画特长,被镇卫生院找去绘制血防作战图。

在县防疫站同志的指导下,不到一个月时间,我就完成了全镇血防作战图的绘制任务,得到了县里领导的肯定。之后,县里决定将我镇的做法在全县推广,要我到有关乡镇去指导绘图工作,待各乡镇的作战图都绘好后,再集中绘制全县的血防作战图。这样,我大约要到县里去工作三个月。

要出远门了,我的心情非常激动。县城是什么样?那些远处的乡镇是什么样?我一点也不知道。长到十八岁,我还从没到过县城,更不要说作为一名"美术老师"去指导人家绘图了。母亲自然更加高兴,儿子有出息了,这是每个做母亲的所巴望的。然而,母亲在高兴的同时,更加焦急不安——儿子就要出去做事了,拿什么让儿子穿得体体面面的呢?母亲翻箱倒柜,也找不出一件没有补丁的衣服,到店里去买布做件新的,又实在拿不出钱。家里老老小小七八口人,在那样的年月,能吃饱穿暖就不错了，想要穿好怎么可能呢？我们弟兄四个，一件新衣服都是新老大，旧老二，缝缝补补再老三，就是到最后破得不能穿了，还要拆成碎布，用于补补丁或糊成浆子布纳鞋底。没奈何，妈妈只好找出一套稍新一点的衣裳。发现袖子上有一小块裂口，妈妈找出针线在灯下一针一针地为我缝补。补好后，又将衣服摊在桌上，用盛满开水的搪瓷杯来回烫，将一些皱皱巴巴的缝口熨平。我的母亲在为我做这些的时候，神情是那样专注。我好感动，我的眼中有涩涩的泪流出来。

> 慈母手中线，游子身上衣。
> 临行密密缝，意恐迟迟归。
> 谁言寸草心，报得三春晖。

我默念着几句古诗，心中暗下决心：母亲，待儿有朝一日有了出息，一定好好地报答您！

离家那天，我穿着妈妈为我缝补整齐、熨得平平展展的衣服上路了，爸爸妈妈将我送到村口。从此，我开始了人生之旅上的第一次远行。我拿着县卫生防疫站的介绍信，来到那些边远的乡镇，白天跟卫生院的同志一起调查河流分布情况，绘制血防作战图，夜晚孤身一人羁居在小镇上阴暗潮湿的旅馆里，常常彻夜难眠。有时一个人半夜起来，在陌生的小街上漫无目的地走着，每当这时，我格外地想念我的母亲，想念我那虽然贫穷但却温馨的家。我的眼前就会出现母亲为我缝补衣服的情景，我恨不得立即回到母亲身边。

这样的日子过去了一个多月，绘图工作告一段落后，县卫生防疫站放我几天假，让我回家一趟。同时，发给我一个月工资。当我从会计手中接过我生平第一笔工资时，我的手竟有些发抖了，我从来没有拿到过这么多钱啊！这是我自己的钱！这是我用劳动换来的钱！我紧紧攥着这笔钱，生怕谁抢走似的。我首先想到的就是，我要用我第一次挣来的钱，为妈妈买一件衣服！我的勤劳而善良的母亲，自打我懂事时起，可从来没有添过一件像样的衣服啊！

我直奔百货商店，在布匹柜前，千挑万选，终于为母亲买了一块的确良布料，售货员为我用纸包扎好。想象着母亲拿到布料时高兴的神态，我幸福极了。

我开始踏上回家的旅程。从县城到我家三十多里，有公共汽车可坐，但我实在舍不得花几角车票钱，我要跑回家！

许多年以后，当我回想起这一次的步行时，我都激动不已，这是我人生中第一次也是迄今为止唯一的一次长途步行。然而这唯一的一次，却够我回味终生。它所带给我的力量也将使我足以克服人生旅程上的任何艰难困苦！

那一天，我走了四个小时，从中午一直走到傍晚，从日在中天一直走到日落西山。当我蓬头垢面、疲惫不堪，终于一瘸一拐地回到家时，一家人都喜出望外，像迎接贵宾一样。知道我是跑回家的，母亲心痛得不行，执意要我脱下鞋子，让她看看，脚板有没有磨出血泡，并且立即烧了一盆热水让我烫脚。我说我给母亲带了一件礼物，要母亲闭上眼睛。母亲不知什么礼物，就把眼睛闭上。我把布料拿出来，披到母亲身上，然后数一、二、三，让母亲睁开眼睛。母亲一看我为她买了一块布料，欢喜得像小孩似的，用一双粗糙的手将那布料摸了又摸，舍不得放下。母亲可从来没有摸过这么好的布料啊！看着母亲那幸福的神情，我突然觉得，母亲还是那样年轻！

母亲将这块布料亲手做成衣服，放在箱底，只在逢年过节或走亲戚时才穿上一回。每当有人夸赞这件衣服时，母亲都要告诉人家：这件衣服是儿子为她买的！那眼角眉梢所透露出的是无限的幸福和喜悦。

父亲的幸福

父亲今年七十六岁了,可是父亲还没有停止劳动,还种着三亩多地。每次回到老家,只要遇见熟人,他们都会跟我说,你的父亲太辛苦了,一点儿不会享福,这么大年纪了还在地里干活,图什么呢?——是呀,父亲不少吃、不少穿,也不少钱花,子女们都在城里,他完全可以住到城里去,他有什么必要还在地里劳动呢?不要说别人想不通,有一段时间,我也很不理解。

父亲是个农民,劳动是他一辈子的事业。每天,他都要到他的土地上走动走动,看看庄稼长得咋样了,是否要施肥,是否要治虫。有时,他会拿了一把锹,或一柄锄头,在地里刨刨挖挖;有时,他就背着手行走在田埂上,不时蹲下身子拔去一根杂草。曾经,远在武汉的弟弟把他跟母亲一起接去住过几天,可关在那住宅楼的狭小空间里,上不见天,下不着地,父亲整天吃饭不香、睡觉不实,脾气也变得急躁。弟弟只得把他们又送回了家。而一踏上家乡的土地,一闻到那熟悉的泥土的味道,父亲立即就像变了一个人。

那一次，弟弟与我通了好长时间的电话。弟弟不理解，他的现代化的家怎么就不能拴住爸爸的一颗心？想叫父母在城里享几天福怎么反而像让他们遭了罪？我恍然醒悟，能在土地上转悠，能在田地里劳作，能听到庄稼拔节的声音，这才是父亲所要的幸福！这种幸福，只有父亲心知，别人难以理解，儿女也不一定明白，高楼大厦和现代化更无法给予。

父亲是一个侍弄土地的高手。如果农民也可以评职称的话，父亲肯定是"高级职称"了。农村里有些活计是不太易做的，如浸种育苗、犁田挖墒等，要是没点真本领，就做不好，不是芽发不全、苗出不齐，就是田犁得深浅不一、墒挖得弯弯曲曲。在我的记忆中，20世纪70年代，农村经常召开秋播现场会，父亲挖的墒又深又直，每次都被选为样板供人参观。而每年春天稻子浸种发芽，父亲更是成了一个总指挥，时间的控制，温度的调节，全在他的掌握之中。那几天，父亲都是睡在浸种房里，从不离开半步。至于用牛耕田、用拖拉机耕田，父亲更是一个好手。分田到户后，父亲的本领得到了更大的施展。他不但经验丰富，更讲科学种田，不管丰年灾年，他的田打的粮都比别人多。一个忙场做下来，人虽然累瘦了又晒黑，可看到那堆得高高的粮囤，心里别提有多高兴。

在我上学读书的时候，对于父亲"面朝黄土背朝天"的生活，我唯一的认识就是一个字：苦。我为了脱离这样的苦，拼命读书，最后终于离开了农村。我一直有一个梦想，有朝一日，也要让父母脱离这样的苦。所以当我和我的弟兄都在城里生活以后，我们就开始考虑把父母也接到城里，让他们在后半生也成为一个城里人。我曾叫父亲把地转让给别人，也曾想在地里都种上树木，不再种植庄稼，甚至想谁也不给，就让它在那荒着也不要紧。可是父亲始终不肯离开他的土地。

今年麦收前的一天，我回到家乡。老屋的院子里，只有母亲在忙活着。我问母亲："父亲哪儿去了？"母亲说："他到地里收菜籽了。"我来到父亲的那块地里，只见父亲正弯着腰用镰刀割着菜籽秸，成熟了的菜籽被割倒在田埂边，让人闻得见菜油的香味。等待开镰的麦子，金黄黄一大片，随风涌起波浪，在阳光照射下，听得见"噼噼剥剥"麦穗胀裂的声音。我帮父亲把剩下的菜籽都割完，然后爷俩在田埂上坐下来。

我说："爸，这田还是不要种吧，看把你累的！"

父亲点上一支烟，吸一口，然后说："不种田干什么呢？总不能就这样闲着呀？"

我说："你们到了应该闲着的时候了，该享享福了。"

父亲说："干这点活不累。"

我说："还不累？看你这满身的汗、满身的土……"

父亲说："不干点活，心中就闲得慌。人老了，还有块地让你惦着，还能自己下地收菜籽、割麦子，也是一种福呢……"

我默然。

不一会儿，父亲像是自言自语，又像是说给我听："这地我不守着，我和你妈跟你们走了，这家也就没了；有这地在，有我和你妈在，你们就会回来，这儿就永远是你们的家，是你们的根……看到你们回来，我比什么都幸福……"

父亲的话说得很轻很轻，可却如雷滚过我的心头。这一天，我和父亲一起坐在田埂边，坐了很久很久，直到母亲来喊我们回家。

烙在心上的画像

在我所故去的亲人中，吉礼和爹爹可以说是最"微不足道"的人。他虽是我的爹爹，可我跟他却不同姓。他的儿子也即我的父亲是倒插门"嫁"到我家并且改姓更名。更由于他是富农，属于专政对象，两家虽然同在一村，却划清了界限，基本没什么来往，虽有血缘关系，但却缺少感情。在我的印象中，从我懂事时起至他去世，十几年中，我只在他家吃过两三次饭，他也从没给我买过一件衣服或别的什么让我喜欢的东西。然而，不知什么原因，吉礼和爹爹死去二十几年了，他的模样在我的心中却没有消失，有时甚至会非常清晰地浮现在我的眼前，使我的心情变得沉重起来。

吉礼和爹爹其实是一个非常勤劳、节俭的农民。他的身上有着中国农民所共有的传统美德。然而，他偏偏不甘于贫穷，他靠租种他人田地而生活，而一点一滴的积累，当他手上有了一点钱后，他就开始买田。他尝够了无田的痛苦，他当然希望自己也能有田，田是农民的命根子啊！就在他为自己终于也有了几十亩田而暗自高兴的时候，解放了，土改了，田被没收了，他被划为富农了，成为人民的"敌人"了。他的勤劳、节俭和不甘贫穷害了他，他用汗水和心血换来的一块块土地成了他剥削的"罪证"。他的子女也成了"富农"子弟，而在社会上抬不起头来。我想，吉礼和爹爹肯定也不想把他的儿子像姑娘一样"嫁"出去，可是在他这样的家庭，子女还有什么指望呢？与其在家里背着个坏名声，不如站到人家门上去改换个身份，说不定将来还能有个发达呢！

这当然是我的猜想。吉礼和爹爹却从未跟谁说起过。他是沉默的，他是孤独的。生产队里给他安排的是用牛的活儿，他整天都跟牛打交道，除了吆喝几声外，一天到晚几乎都听不见他说话。谁也不知他心中在想什么。在我的记忆中，一年四季，他都赶着牛，耕田、耱田、碾场，仿佛有耕不完的田、碾不完的场。最苦的是耱田。麦子割完后，先将田犁好，接着放水，将田里的泥块泡烂，然后就开始耱田，要把坑坑洼洼的田耱得平平的，才好栽秧。耱田时，把一张长三四丈的耱盖用绳子拴在牛的颈项上，人在后面一手扶着耱盖中间的扶手，一手挥鞭赶牛，有时为了增加压力，人就站在耱盖上。这样，一声吆喝，牛在前面奔跑，耱盖平压在烂泥上，耱盖前水浪滚滚，泥浆飞溅，耱田人身上汗水、泥水搅和在一起，一块田耱下来，如泥人一般，褂子上、裤裆里都往下滴泥水。一个夏天，几百亩田耱完，人瘦得脱了形，皮肤晒得像黑炭，手脚被水泡得又肿又烂，两条腿像两截朽烂的木桩一样，麻木而无力。我的吉礼和爹爹就做着这样的劳作，日日如此，年年如此。他肯定感受到苦，感受到累，但他不说苦、不说累，他也不能说苦、不能说累。他知道，唯有干着这样的苦活，他才能赎清他的"罪过"。

然而，再苦再累的活儿还是很难赎清他的罪过，他还要常常被拉去批斗。那时，阶级斗争的弦绷得很紧，地主、富农仿佛随时都要变天似的，为了让他们"永世不得翻身"，大队经常召开批斗大会，把"地富反坏右"分子押到台上低头认罪，让在旧社会受压迫、受剥削的贫下中农上台控诉他们的"罪行"。罪行严重的要吊黑板、跪砖头、剃阴阳头、戴高帽,甚至要挨打。在我的记忆中,有一个姓王的地主在批斗时被人用语录牌把牙齿都打掉了,满嘴鲜血直流。批斗结束后还要游行,把这些"坏人"用绳子串绑起来,在全村游斗、呼口号。这样的批斗场面,吉礼和爹爹先后参加过几次,但因为他的罪行不大,虽是富农,但没有剥削压榨农民,加之他改造的表现又好,从不乱说乱动,更不敢有一丝一毫"变天"的念头,故而,除了陪斗外,没有吃什么大苦。但由于经常被斗,习惯于"低头认罪",他的腰总是弯着,头总是低着,平时走路、干活都是如此。从来没有过昂首挺胸的日子,从来没有过开心一笑的时刻。

让吉礼和爹爹差点儿要坐监的是"死牛"事件。吉礼和爹爹不但管用牛,还管养牛,每天晚上牛都要牵到牛棚去,要为牛备足草料,夏天天热,还要把牛牵到牛汪里去。牛棚在晒场上,牛汪在晒场边上,晚上吉礼和爹爹都要住到牛棚里。那时队里总共有三头牛,都由他一人负责。有一天晚上,突然有一头牛死了。有人怀疑是他搞破坏,就把他隔离起来审问。好在后来兽医查出了牛的死因,跟他无关,他才被放了出来。事后有人告诉他,如果确准是他搞破坏,要捉去坐好几年监。这次事件对他的惊吓是巨大的,在全生产队人都在分享牛肉、家家户户牛肉飘香的时候,他却一病不起,几个月以后就去世了。

去世的那天,我一直在他的身旁。可以说,这是我作为他的孙子跟他在一起时间最长的一次。那时我刚刚高中毕业,对于吉礼和爹爹的死,我固感悲痛,却并不十分伤心,心中充满的是比较复杂的感情。躺在我面前的是我的祖父吗?是,又不是;是我的亲人吗?是,又不是。是什么造成了我们祖孙之间的隔膜?是什么淡漠了我们祖孙之间的亲情?我扪心自问,欲哭无泪。

父亲和伯父想为祖父留一张像。翻遍了抽屉箱柜,都未找到一张照片。这才想起,祖父大概这一辈子都未照过相。我说,我来为爹爹画一张像。我站在祖父身边,凝视着他的遗容,那张长长的脸、瘪瘪的嘴,那灰黑的皮肤、深深的皱纹一如他生前的形象,只是那双凹陷的眼睛紧闭着。这张脸,我从没有这么长时间凝视过,他在我的眼前突然变得活转过来,仿佛在跟我说话,在呼喊我的小名。他是那样温和、那样慈祥,我拿笔的手在颤抖,我的心在经受拷问,我想哭——我这个不孝的子孙啊!

我为祖父画了一幅像。祖父那张饱受人生风霜、遍尝人间酸苦的脸,永远烙印在我的心上。

叔公忆

叔公身材不高，瘦，脸小，嘴有点瘪，胡子拉碴的。不知是从小营养不良，还是因为老巴子的缘故，让人总有一种发育不全的感觉。

叔公念过几年书，大约是初小毕业吧。识得几个字，会打一手算盘。农业社时曾安排他做过几天会计，但因他为人老实，又太迂，有时认起死理来脾气也不好，与队长工作难协调，最终还是被拿掉了。

不做会计，叔公就在生产队干农活，但因为叔公力气小，故而常常受人气、被人欺。然而，叔公毕竟是一个有志气的人，他不怕吃苦，什么活儿都干，久而久之，竟练出一身力气和一手好活，成了队里顶呱呱的大劳力。

在我的记忆中，最难忘的是叔公那半夜捶草声。叔公的房子在我家的后面，两屋相距十多米。叔公每天凌晨一两点钟就起床，到天井里捶草。那"嘭嘭嘭"的声音在寂静的乡村夜空回响。我每天都被这声音惊醒，醒后就再也睡不着，后来我索性早睡早起，当叔公的捶草声响起时，我就起身读书做作业。

叔公捶草是为了搓绳卖钱。那时草绳在农村需求量很大，轧棉花箔子、编草帘子都需要草绳，一斤草绳能卖几角钱。叔公就这样每天捶草搓绳，草捶得又软又熟，搓起绳子来才有韧性、不会断。待到搓出几大捆甚至十几捆绳子，就挑到街上卖。叔公的绳子因为搓得细、绞得紧，又韧又牢，所以买的人就多，价格也高。

然而，尽管叔公在队里拼死拼活干，在家里起早带晚捶草搓绳，却仍然不能改变家中穷困的局面，日子仍然过得紧紧巴巴。他生有两女一子，父母跟他一起过，家庭负担很重。但他很孝顺，尽管家里困难，无好吃的孝敬上人，但炖咸菜都炖两碗，一碗放油，给老的吃，一碗不放油，留给自己和老婆孩子吃。

叔祖母是在叔公三十九岁那年去世的，至今，我仍记得清清楚楚。那天早晨，我正在门口刷牙，叔祖母从田里干完活回来见我刷牙，就跟我开玩笑。可我感到有些异样：叔祖母说话不清楚，舌头像窝在嘴里。我以为她故意这样，也就没有多问。因为叔祖母一贯是一个幽默风趣、好闹玩的人。可想不到下午叔祖母就不能说话，第二天右膀和左腿就不能动，送到医院去，医生也没有说出什么名堂，光是住院挂水。几天过去，病情没有什么好转，医药费倒花去了几十块。叔公既为妻子的病情着急，又为花了这么多的药费而心疼，也对医院到底能否治好妻子的病而产生怀疑，于是转而求神拜佛找仙家，瞎钱也花去不少，最终未能治好妻的病。

中年丧妻乃人生大痛。可叔公并未垮下来，他也未显示出过多的悲痛。安葬好妻子后，他一个人领着三个孩子继续过着艰难的生活。大孩子是个女儿，十四五岁，学是上不成了，要回家帮助料理家务和照应弟弟妹妹。而妹妹才六七岁，弟弟虽然已上小学，却很顽皮，不懂事，让人放不下心。有好心人劝叔公趁年纪轻续弦，叔公只是苦笑笑，并不动心。一直独自一人，既当爹，又做妈，拉扯着三个儿女，直到他们一个个长大成人，成家立业。

大女儿出嫁了，儿子结婚了，小女儿也找到婆家了，生活是日渐好起来了。农村里也不再是集体化，田都分到户了。可叔公仿佛吃苦吃惯了，猛地歇下来倒不习惯了，他好像是一台干活的机器，从早到晚、一年四季都不闲着。田里的活计他全包了下来，从不要儿子干。闲时上船到海下去卖糖收荒货，或到窑上去挑砖头做小工。人瘦得剩了一把骨头，原本就小的脸没得巴掌大，可仍然整天在外奔波，吃又舍不得吃，穿又舍不得穿。村里的人都不理解：这人怎么不要命了？

有一段时间，我听村里人讲，叔公的儿子、媳妇不孝顺，老头儿有一分钱他们都要拿去。我有些似信非信。叔公的儿子、媳妇虽比我大一辈，但因我年长于他们，平常对我还是比较尊敬的。回老家后，我从侧面做了一些了解，原来，他们是怕老头儿拿钱去"走小路"。我不禁哑然失笑。我找到他们俩人，狠狠地说了一顿。我说，老头儿是个想走小路的人，还会等到现在？他这辈子一个人把你们拉扯大，容易吗？就是他现在有什么想法，你们也要理解他、宽容他，他是个人，他不是光知道干活的机器！这辈子，他真是太苦了！听到我说这些话，叔公的儿子眼圈红起来，媳妇也低着头。我又说，你们小夫小妻的多热乎，他一个老人，孤独着哩！

也许我说的话，叔公的儿子、媳妇听懂了，也许并未全懂。但他们以后对他的态度确实有了很大的改变，叔公在外面卖苦力挣的钱，他们一分都不要，有时还给一点零用钱。可叔公不知为什么，反而主动将钱如数"上缴"了，他的身上真正是不留一分钱了。是为了避嫌还是由于心寒，我不得而知也不想知道了，因为这毕竟不是我管的事啊！

但每年的春节，我都要给叔公带上一份礼品，虽然很薄，却饱含着我的一片真情。每次，叔公接过我的礼品，都很激动，他逢人便说，我的这个侄孙年年都记得我啊！我要叔公到我家去玩，叔公也多次答应，并说真想歇上几天到城里去转转。可一直因为忙，未能实现。

2000年10月8日，国庆长假结束，刚刚上班。我接到父亲的电话，说叔公突发脑溢血，抢救无效从医院弄回来了，就要断气。我惊呆得手拿话筒半天说不出话。这是真的吗？国庆节我回老家，叔公人还好好的，跟我们有说有笑的，怎么就这样去了？人真是太假了！生命真是太脆弱了！

我和妻立即赶回老家，看到叔公躺在屋里的草席上，寿衣已经穿好，人还未断气，但已毫无知觉，只是喘气。他的儿子、媳妇、姑娘、女婿以及一些帮忙料理后事的人围在旁边。我的眼泪一下子流出来。

听他们说，是前天下午，叔公拎了黄豆种，带了大锹，到田里去种黄豆，刚用锹挖了几个口子，种了几个豆儿，突然人朝地上一倒，正好被人看到，叫喊起来。随即我父亲和叔公的媳妇去将他扶起来，他还说了句"我的豆儿泼掉了，帮我拾起来"，然后就人事不省了。送往医院的路上，小便已经失禁。到医院拍片、挂水、治疗，可人已没得用，医生叫弄回来早点准备后事。

一个生命的终结原来就是这样简单，就是这样的无可奈何！叔公才六十岁刚出头，叔公这一辈子是应该过上一点好日子的啊！我忽而明白，叔公为什么不早点咽气，他实在是咽不下这口气，他是心有不甘啊！

　　终生劳碌唯余一字苦苦苦，
　　溘然长逝令人三叹悲悲悲。

在叔公的葬礼上，我写下了这样一副挽联，悬挂在他的灵前。叔公曾说要到我家去玩，想不到，这个并不难实现的愿望却到死都未能如愿。总以为来日方长，总说太忙太忙，其实有很多的遗憾只要稍微努力一下就可以避免的，想到此，我不禁又生出许多的感慨来。

傍晚，女儿的守望

在我刚调到县城工作的时候，我度过了一段比较艰难的日子。新单位工作难度大，矛盾多，每个月都要为职工工资而发愁，加之单位没有宿舍，妻子也未能进城，家仍在原来工作的小镇。每天上下班，我都要骑着自行车，奔波数十里，太阳升起时出发，太阳落山时归家。即使刮风下雨，也只能如此。

那时，我的女儿才五六岁，在小镇的幼儿园里上学。女儿聪明、活泼，不但能识很多字，能背很多唐诗，还非常喜爱舞蹈，每年的"六一"儿童节，都有她登台演出。她那小小的身体，能把一只又大又重的呼啦圈从腰部旋转到肩部、再旋转到腿部，那呼啦圈在她身上真可说是呼呼生风。我在小镇工作时，只要得空，都要接送她上学，召开家长会或搞联欢活动，也尽量去参加。能多一些时间和女儿在一起，感受女儿长大，是我最大的幸福。

然而，在我调离小镇后，陪伴女儿的时间就很少很少了。常常在我出门时，女儿还没醒来，只有每天的晚上，回家与女儿相聚。而因为单位经常要出差,有时几天都不得归家,使得晚上与女儿的相聚也难以保证。那时还没有手机,电话也很少且不方便,回家还是不回家,有时就无法联系。

我的女儿就在每天的傍晚,跑到公路上,站在路边等待爸爸。当她远远地看见我骑着自行车向她驶近时,她就欢跳着向我的车子奔来,我怕撞了她,就停下车等她,她一下子就扑到我身边,抱住我的腿。我把她抱上自行车,然后父女二人有说有笑地推车向家里走去。

有时,我会问女儿:等多长时间了?等急了吗?是你自己要来等的,还是妈妈叫你来的?女儿会说:没有等急,是自己要来等的;也会说:等急了,是妈妈叫来等的。其调皮可人之态让你心中注满爱意。有时,我会问女儿:今天在学校里学会什么儿歌了吗?得小红花了吗?女儿会告诉我:学了,学了,然后就大声地背起来,还会拿出一朵、两朵甚至三朵小红花在我的眼前晃动。短短一段回家路,总会洒下女儿的笑声。

这是我最幸福的时刻。当我在路上蹬着自行车,感到疲惫的时候,只要一想到我的女儿在路的那一头等我,盼我,我浑身上下就来了劲儿,蹬动的双脚就充满了力量,心中就会涌起一股柔情。但我同时又担心女儿的安全,公路上人来车往,傍晚时分更是交通繁忙的时候,她一个人站在那儿等我,要是被车碰到怎么办?要是遇到坏人怎么办?因而我多次跟女儿讲不要到路边去接我。但女儿就是不听,仍然坚持在每天的傍晚到路边去等候他的爸爸。

那是一段让我非常感动的日子。许多我不知道的细节,都是妻子后来告诉我的。

有一次,女儿照例到路边去等我,可这天我没能回家。但女儿却不相信我不回来,一直到天完全黑下来,妈妈来到路边,硬将她拉回家,她还一步一回头地朝公路张望,眼里泪珠往下直掉。还有一次,女儿站在路边,看到一个与我相像的人骑着自行车过来,老远就喊着"爸爸——"向那人跑去，待到靠近了一看不是爸爸，女儿羞得红了脸，转头就往回跑。更有许多次的晚上我没有回来，女儿睡梦中，还在喃喃地喊着"爸爸"。

　　那段艰难的日子，我就是在女儿的守望中度过的，就是在我女儿和妻子给予我的爱与支持中走过来的。如今女儿已长大成人，如一只小鸟飞离父母身边了，但女儿黄昏里站在公路边守望爸爸的小小身影一直定格在我的心中。这种守望，这种爱，成为我人生前行的动力，成为温暖我生命的灯盏。

殷红的番茄

那年夏天,我被通知到公社文化站参加为期一个星期的"曲艺创作学习班"。一天中午,我在公社食堂吃过饭,正躺在文化站办公室的长条椅上,为文思的受阻而深深地苦恼着,这时弟弟来了。

十一岁的弟弟,身材瘦弱,但艰难生活带来的营养不良并未影响他智力的发展。他天资聪颖,已上小学五年级,而且成绩很好,我很喜爱他。

"二哥——"弟弟站在门外喊我。我急忙起身,走到门口。

"你上街做什么的?"我问。

"和永贵他们一起来卖蚕茧的,可供销社不收,我们想上县城去卖……"弟弟人虽小,却能为父母分忧,暑假在家养了半张纸蚕儿,卖了正好做开学的书杂费。

"县城离这儿二十多里,你们怎么去?"我有点儿担心地问。

"跑。"弟弟决心很大地说。

我因为下午还要听文化馆创作员讲课,不能替弟弟去卖,也就没有反对。只是关照他要注意安全，汽车来了靠路边走。

弟弟忽然有些羞赧起来，嗫嚅了半天，说："二哥，你有没有二角钱？我和永贵还不曾吃中饭……"

"二角钱？"我僵住了，我身上一分钱也没有，来参加创作学习班，知道家里经济拮据，没有好意思开口跟妈妈要钱，只带了几斤米投在公社食堂里，中午扒一碗白饭就算完事，哪里有什么钱？但弟弟来跟我要二角钱，在弟弟，实在不是什么奢侈的要求，可我却无法满足……

弟弟走了，慢慢地走了，他是多么失望啊！看着弟弟孤零零的背影，我呆了一般站在门口，一种耻辱像毒蛇一样啮咬着我的心。我已经十八岁了，可是我连二角钱都拿不出，我还有脸面活在世界上吗？我已经到了自立的年龄，我已经到了应该赚钱养活自己的年龄，可是我仍然靠父母生活，对弟弟无力帮助，什么时候，我也能有一份工作，也能拿到一份工资啊？

突然，我想起了什么，急忙去找文化站长，我红着脸，借了一块钱，转身奔跑着去找弟弟，可是弟弟和永贵他们已经没有了踪影……

我沮丧地回到文化站，我的眼前老是出现弟弟那失望的眼神、孤零零的身影……整整一个下午，我都坐立不安，无心听课，一次又一次，我跑上公路，向县城方向眺望，可是总不见弟弟回归。

太阳落山了，天色渐渐暗下来，我站在公路上向县城方向望了最后几眼，带着无限的不安和惆怅回家了。我慢慢地走着，走着，一步三回首。夜幕降临，周围的一切模糊、接近、融合……终于什么也看不清了。

突然，我听见前面有人说话——好熟悉呀！我停下脚步仔细一听，是弟弟和永贵！我心中一阵狂喜，边喊边跑着来到弟弟面前。

"二哥，蚕茧卖掉了，都卖的一等价。"一见到我，弟弟就高兴地告诉我。

我愧疚地问："你们中饭有没有吃？"

"吃过了。"弟弟说,"我们在县城卖了蚕茧,就去买了三个番茄,我和永贵每人吃了一个,还有一个带给你……"说完弟弟从口袋里掏出一个番茄递给我。

我接过番茄,接过带着弟弟体温的殷红的番茄,热泪早已从眼中流出……

回家过年（一）

当过年的脚步越来越近的时候，我的一颗心便早早地飞回到乡下老家去了。

老家的过年是很讲究仪式的。

仪式是一种形式，任何节日都是由特定的内容和形式构成的。节日之所以成为节日，正是在于它有自己的区别于正常日子的内容和形式。而过年作为一年四季中令中国人最为看重的节日，更讲究和注重仪式。这些仪式，构成了中国丰富的传统节日文化。给我印象最深的，老家过年除了贴春联、贴喜旗、焚香、放鞭炮、敬菩萨等仪式外，最让我感兴趣的就是烙元宝墩和炸麻串了。

烙元宝墩在大年三十进行。这一天，每家每户都把室内室外、家前屋后打扫得干干净净，然后在傍晚时分天黑以前，用蒲包装上熟石灰粉，拎在手上，在家门前及屋的四周、院子内外烙上圆圆的石灰印，这石灰印就叫元宝墩，隔一步烙一个，在大门口还要用石灰粉画上元宝和聚宝盆、摇钱树图案。为什么在大年三十晚上要烙元宝墩？一说是求财。当你初一大早开门时,看到室内室外都是元宝,图个吉利,讨个吉祥。另一说是驱邪。三十夜里年兽要出来,各种妖魔鬼怪也要出来,一看到地上满是白石灰印,就会吓得逃走,不敢危害生灵,人们就会平安幸福。这两种说法都有道理,都寄托着人们的一种美好的愿望。

小时候,每当我看到爷爷开始烙元宝墩的时候,就会抢着去拎那装满石灰的蒲包。由于力气小,常常把石灰泼洒一地。爷爷不但不生气,反而还帮我弄一只小蒲包装上石灰让我烙。这样,爷爷拎着大蒲包,我拎着小蒲包,我们一老一小,在乡村的除夕之夜,在自家房屋的四周,一下一下不停地烙着,一边烙,一边嘴里还念着顺口溜:"新年到、烙元宝……"待到家前屋后,甚至猪圈、茅缸边上都烙满了元宝的时候,我的手上、身上都被石灰粉溅得灰白白的了。但这不要紧,因为身上的脏衣服马上就要脱去了,妈妈为我过年而做的一套新衣服早就折叠得整整齐齐放在床边上等着明天早晨穿呢!

如今,烙元宝墩的习俗在好多地方早就不存在了,但在我的老家,过年仍然有不少人家烙,那除夕之夜村庄里的烙墩声常常响成一片。每年我回家,仍要和父亲一起手拎装满石灰粉的蒲包,在家前屋后四处烙,不烙元宝墩,我就感觉,这春节还没有来,烙了这元宝墩,这春节才来了。元宝墩,就仿佛是春的脚印呢!

炸麻串比之烙元宝墩,又别有一番乐趣。炸麻串在过年后正月十五元宵之夜进行。这一天,农村家家户户用柴草、麻秆捆成碗口粗的"麻串把",外面用稻草扎成若干圈,平年扎十二圈,闰年扎十三圈,每圈压上一个小爆竹。天黑以后,用火点燃麻串把,在自家菜地麦田的路埂上,边走边舞动火把,嘴里不断喊:"正月半,炸麻串,有得吃,有得穿。"或者唱:"正月半,炸麻串,十个奶头称斤半,爹爹称给奶奶看,奶奶称给爹爹看。"或者说:"正月半,炸麻串。人家的菜,铜钱大,我家的菜,盘箕大。人家的菜,生了癞,我家的菜,挑上街。"一时,田野四处火把不断，火光熊熊，爆竹此起彼伏，喊声不绝于耳，成为乡村过年期间一道独特风景。

　　这种祈求远离虫害及其他农业灾害、预祝农业丰收的炸麻串仪式大人们进行得很神圣，但在我们孩子们看来，却就是一种好玩的游戏，其惊险、刺激、有趣，常常吸引着每一个孩子。但真正敢于手拿麻串把炸的只有少数胆大的男孩子。我在十多岁的时候，极其贪玩，胆子又大，为了吃玉米秸，我敢于将玉米棒子掰下来扔到河里；为了吃糖果，我敢于将家里的渔网拿出来跟挑糖担儿的人换糖吃。我还很灵巧，一些木匠、篾匠活儿一看就会。村里的孩子都喜欢跟在我后面玩。每年的元宵节炸麻串，我是最为活跃的一个。我不仅承担了我家全部麻串把的扎制，而且还帮庄上其他人家扎。晚上炸麻串的时候，我舞着麻串把，在自家的自留地边乱喊乱跳，火星飞溅到身上，刚刚穿上没几天的新衣服常常都要被烧掉几个洞。一次我跟邻家的孩子一起炸麻串，本来两人还是要好的朋友，就为到底谁家的菜铜钱大、谁家的菜盘箪大，谁家的菜生了癞，谁家的菜挑上街而争执起来，两人互不相让，互相诋毁对方，最后舞着麻串差点打起来。我的裤子上被烧了几个铜钱大的洞，回家被妈妈臭骂了一顿。还有一年，村里另一户人家，炸麻串时火星飞溅到草堆上，把一堆草都烧光了，要不是救得快，紧靠草堆的草房也可能被烧毁。在我的记忆中，这种乐极生悲的事发生过不止一次。

　　现在老家已很少有人再炸麻串了。然而，每次回家过年，我都要漫步在地头田埂，寻找童年欢乐的痕迹，感受炸麻串的欢乐气息。让我的一颗富于怀旧而善感的心穿越时空那幽邃的长廊，回复到童年的乐园，再去疯一回、乐一回、喊一回、赤裸裸地烧一回！

回家过年（二）

刚刚进入腊月以后，老家就开始准备过年的各样东西了。首先是准备吃的，而在吃的当中，蒸馒头、蒸糕、蒸团，是重中之重。在老家人看来，不蒸馒头、糕等，那就不叫过年，而谁家蒸得多，谁家蒸得早，就说明谁家生活富足、日子过得滋润。蒸馒头的面粉只要有小麦就可以到面厂里去兑换，不费什么大事，随到随换。蒸糕、团的米粉是用糯米制成的，既要黏，又不能过黏。要在糯米中掺上一定比例的籼米，而用机器碾，影响黏性，老家人大多是自己用碓舂。在舂之前，先将糯米和籼米和在一起用水淘洗干净，晾干。保持米有一定的湿度，但又不太潮。这样既容易舂，又好用筛子筛。筛糯米粉的筛子叫罗筛，很细密，如果米粉太潮，会粘在筛子上。舂米粉的碓由石臼和杠杆组成，石臼里面装米，杠杆的一端装有一根圆形的木头，顶头装着铁齿，正对着石臼，中间有一个支架，用脚连续踏杠杆的另一端，装着铁齿的圆形木头就连续上下起落，不断地砸向石臼，把石臼里的糯米砸碎。这个劳动的过程就叫舂碓。舂碓至少要两个人，一人舂，一人装米、筛粉。这是一项体力活。舂的人时间长了，双腿疲乏无力，又酸又疼，站都站不住；筛粉的人时间长了，腰酸背痛膀子疼。但尽管这样辛苦，可闻着那糯米粉浓浓的米香，看着那雪白的米粉装满竹匾木桶，心中的喜悦仍然抑制不住。有糯米舂，舂米的时间长，说明这一年有了好收成，说明日子过得殷实。那一声声的舂米声其实是红火日子的美妙旋律啊！在进入腊月以后至除夕之前，老家的每一个夜晚，几乎都可以听到这令人兴奋、令人喜悦、令人幸福的舂碓声，老家的每一个农家小院里，都会飘逸出浓浓的蒸馒头、糕、团的香味……这舂碓声、这香味，让人强烈地感受到：过年了！过年了！

如果说蒸馒头、蒸糕、蒸团让人们感受到的是过年的温馨、香甜的话，那么贴春联，让人们感受到的那就是老家过年的热烈红火的气息了。

贴春联，是中国人传统的过春节的风俗习惯。可以说全国各地都有，但在我的老家，此种风俗更有讲究。每到春节前，街上商店里都有现成的春联出售，只要花上几块钱，就可以买上几副甚至十几副，把家里所有的门上贴得红彤彤的。可老家人大多不喜欢买现成的，他们喜欢买上几张红纸，然后请村里的一些德高望重的老先生或刚刚考上大学的"新秀才"帮他们当场写，而且哪一副对联裁多宽的纸，哪一副对联写什么内容，他们都有讲究。老家人对肚子里有点"墨水"的人非常尊重，对能写一手漂亮毛笔字的人更是佩服。他们以能请到当地这些有文墨的人帮他们亲笔写对联为荣，亲笔书写的他们认为是当地名人的"墨宝"，能给他们一家带来好运，带来新气象，带来文脉之气，将来他们家中也会出秀才、出状元。每年的腊月二十以后，他们就开始夹着一卷红纸，来到那些老先生或"新秀才"家，恭恭敬敬地请他们帮忙写春联。他们看到那些老先生或"新秀才"在家里正忙着，就满脸堆笑，很不好意思的样子，一边打招呼，一边就动手帮助干活。这时，老先生或"新秀才"哪怕家中再忙，也要丢下手里的活儿为他们写春联。一年到头就这么一回，不能怠慢了乡亲村邻啊！他们能来请你写，也是看得起你啊！有的老先生或"新秀才"这时干脆什么活儿都不干，在家摆开桌子，备好笔砚，专门等候人们来写春联。

在老家，我也算是个小小的"秀才"了，不仅考上了大学，而且毛笔字写得不错，在我刚刚读高中，一直到参加工作以后，十几年时间里，我几乎承包了我们生产队的所有人家的春联书写任务。每年到了腊月二十以后，我就早早地做好准备，买上几支毛笔、几瓶墨汁，还要买一些红纸。有的人家舍不得花钱，买的红纸质量差，或不够用，我还得为他垫红纸。往往连续不断地要从腊月二十三四夜一直写到除夕这一天。连自家的春联都顾不上写、顾不上贴。有时半天写下来，也是腰酸背疼。尽管这样忙，这样累，但看着我为乡亲们写的红彤彤的一张张"福"字、一副副充满吉祥、喜庆的联语，闻着那空气里飘荡着的墨香，看着乡亲们脸上写满的灿烂的笑意，我感到无限的欣慰、无限的满足——这才是过年啊！

过年了！过年了！春碓声声，墨香悠悠……

回家过年（三）

孩提时跟着大人一起拜年的情景，至今回忆起来还历历在目。

正月初一的早上，我们很早就被震耳欲聋的鞭炮声唤醒，然后穿上昨天晚上就已拿好的、在床边摆放得整整齐齐的新衣服，先去恭喜爷爷奶奶，再去恭喜爸爸妈妈，还有兄弟之间相互恭喜。这样把全家人都恭喜一遍以后，就刷牙洗脸吃早茶。正月初一早上的早茶很讲究，有干丝、果茶、圆子、馒头、糖果等，早茶不能吃得迟，不然人家来拜年，那么多人拥进来，你还没有吃早茶或正在吃早茶，就有些手忙脚乱。吃好了早茶，不多一会儿，大批人马的集体拜年就开始了。

我们生产队总共有两个大庄子，一个是位于东河边的邰厍，十几户人家，一个是位于西河边的秦墩，也是十几户人家。南河边还有几个散户，我家住在秦墩的北边，也属散户。最早出发拜年的是邰厍的当家男人们，他们先在庄上一家一户地互相拜过年，然后就一个跟一个地出庄向南，从南河边的散户一家家拜起，再到西河边的秦墩，然后再到我们这几家散户。拜完哪一家，哪一家的当家男人就跟着拜年的队伍走，小孩子也跟在后面凑热闹，拜年的队伍越拉越长，人越过越多，等拜到我家这儿时，往往一屋子的人都挤不下，只能一部分人先在天井里，一部分人进屋，大家一片声地喊着恭喜发财的好话，主家则忙不迭地发烟、散糖，烟发给男人们抽，糖则分给那些跟着大人拜年的小孩。男人们的嘴上叼着烟、耳朵上夹着烟、手上抓着烟，已经没法再拿了，但只要主家递烟，仍然喜滋滋地接过来。他们不管烟好坏，都照接照抽，当然背后也会评论，哪家拿的烟好，哪家拿的烟差，在他们的嘴里，是不留一点情面的。特别是那些生活条件还不错、有人在外面工作拿钱的，如果烟差了，就会被视为"小气""啬头"，在村里传开来会很难听、很没面子。所以不管哪一家，再没有钱，都要想办法弄两包拿得出手的烟拜年时用。小孩们吃糖倒没有大人们讲究，不管什么糖，只要是甜的，小孩们都喜欢，都要，一路年拜下来，身上的各个袋子里，几乎都塞满了糖。嘴里有时能含两块。大人们一再叮嘱，糖吃多了会蛀牙的，可没有一个小孩听，那个馋相，好像几年没有吃过糖似的。

　　男人们拜年，女人们是不跟在后面的。上午女人们要在家里忙活。女人们拜年往往是在吃过中饭后，也不成队成趟的，常常是三三两两的庄前庄后、左邻右舍转转，互相打打招呼，说说话，评价评价各自的衣裤鞋袜。然后又早早地回家，忙着准备晚上的夜饭去了。男人们这时大部分都坐在牌桌上打牌，有的从早上出门拜年，到这时还没有回家，中午可能被哪家留住了，或者已经在哪家将酒喝醉了呢。不过，平时再能的女人、管男人管得再紧的女人，这时都不会说自己男人一句的，而任由男人去潇洒一回，让男人去玩个尽兴。一年苦到头，男人也该轻松轻松。

　　在老家，有两类人家是人们拜年的重点对象。一类是干部家，一类是德高望重的长者家。过去，我们生产队没有一个干部，连一个大队干部也没有，都是平头百姓，哪家有个什么为难事，找不到一个干部帮忙。

后来不知什么原因，风水发生了变化，先是大队的一二把手也就是支书、主任都是我们队里的人担任的，后来，从我们队里出去的一位年轻干部做到了全镇的镇长。这使我们队过惯了平民百姓生活的人们脸上有了光彩，到哪儿说话都响亮了起来，心中有了一点骄傲的感觉，仿佛那当干部的是自己家里人似的。因而在春节拜年的时候，人们往往首先要到这干部家中去拜年，他们并不是想拍马屁，也没有什么事情要干部帮助办，他们只是觉得，是这些干部给他们争了气、添了光，他们得感激他们，而感激的方式莫过于每年的春节早早地到他们家里去拜个年，问个好。这其实是一种非常朴素的、纯真的乡亲乡邻间的感情，也是乡村共同荣誉感的体现。

　　德高望重的长者大抵是一些老教师、老工人，或者是一些年纪较大、辈分较高、德行好、口碑好的人。这些人在生产队里最受人尊敬。他们在一方土地上享有很高的威望，哪家有了什么大小事情，往往都要请他们出面帮助调处。他们说出的话虽不说是金口玉言，却也常常被奉为圭臬。子女不听话的、婆媳闹别扭的、夫妻要离婚的、邻里有矛盾的，等等，必有他们出场，否则难以摆平，就是干部出面，有时也不能奏效。对于这样的人，毫无疑问，春节拜年是哪个人都要争着去拜的对象。从这样的拜年中，反映出的是老家自古以来传承下来的浓浓的礼仪之风。

　　老家这样的拜年习俗，至今未有任何改变，甚至愈来愈浓。我从跟在大人后面拜年拿糖的小孩逐渐变成一个人到中年的当家男人，年复一年，只要在老家过春节，我都是那拜年队伍中的一员，都要感受一回那浓浓的年味。

回家过年（四）

　　回家过年，最忙的是妈妈，最幸福的也是妈妈。

　　妈妈首先要为我们忙窝。我们三弟兄在外，三个家庭，都是一家三口，孩子也大了，春节都回家，这住的地方就成了问题。必须增加床铺。房间不成问题，搭床的铺板大凳不成问题，垫盖的被褥也不成问题，就是一张一张床地铺好，让在外的儿子、儿媳、孙子、孙女一回到家就有一个温暖的窝，这前前后后的忙乎实在让年龄已经六十六岁的妈妈感到是个问题。因而，每次得知我们都回来，妈妈老早就准备开了。先是把那些装在箱柜内的平时舍不得用的新棉花胎、新被面被套等拿出来晒得脆生生、暖洋洋的，然后缝好，再安排好哪个房间哪个儿子睡，哪个房间哪个孙子或孙女睡。妈妈和爸爸原来自己睡的那个房间是必须首先让出来的，他们在把儿子、媳妇和孙子、孙女的房间都安排好以后，自己就睡到一个低矮的小厢房里。床是用凳和门板架起来的，铺上草和棉花胎，虽然简陋，倒也暖和。而能把儿子们都安排得好好的，让他们回家过年都有一个舒适温暖的住处，妈妈和爸爸就是自己无处住也是心甘情愿的。

　　除了为我们忙窝,妈妈还要为我们忙吃的。过去因为祖父有一手做菜的手艺,家中来人客去、过时过节都是祖父忙饭忙菜,妈妈除了干农活外,从来没有忙过菜。后来,祖父去世了,祖母又年纪大了,妈妈不但要干活,还要忙吃的。但平时因为吃得简单,妈妈忙点菜也并不困难,过年就不一样了,不忙点好吃的菜不行了。妈妈也有妈妈的办法,我的妻子,也即妈妈的二媳妇,会做菜,妈妈就将做菜的任务交给她,妈妈自己主要是做准备,如买菜、择菜、洗菜等。就是这些活儿,也不轻松。春节期间的菜一般春节前就准备好,那段时间,天气又冷,谁都怕下水。可妈妈得一趟一趟地提着菜篮子到河里去洗大蒜、洗菠菜、洗芫荽、洗萝卜等。小孙子喜欢吃鸡,妈妈得多杀几只鸡,拎到河里去一遍一遍地洗汰干净,二儿子喜欢吃野生的鲫鱼,妈妈得到街上买回鲫鱼,然后一条一条地剖肚去肠刮鳞,再到河里去一条一条地洗净……春节前的几天,妈妈河口一天要跑十几趟,腿跑酸了,腰跑疼了,手冻红了。但妈妈仍然跑,很快快乐乐地跑。

　　我们一个一个地从外面回来了,我们爸爸、妈妈、奶奶的叫得很甜,我们从包中拿出带给爸爸、妈妈、奶奶的过年礼物,我们把生活用品、衣物用具放进妈妈为我们准备好的房间内,然后我们就开始享受过年了。我们几乎什么活都不干,都是妈妈把吃的弄好了来喊我们吃饭。除夕之夜,一家人吃团圆饭,我们都坐在桌上吃得热热闹闹,唯有妈妈在厨房里忙,直到我们都吃好了,她才上桌。尽管这样,看到一大家子团聚在一起,妈妈还是很开心。

　　今年,我们在外的弟兄三个全都回来了,可以说是妈妈最开心也最忙碌的一年。以前几年,我们弟兄仨一同回家过年的次数不是太多,有时是我跟老三回来了,老四没回来,有时是我跟老四回来了,老三没回来。我因为离家最近,每年都要回来的。爸爸妈妈常唠叨,要我们过年时都回来，说趁他们还忙得动，回来会齐团圆，要是将来他们忙不动了，回来不回来，也就无所谓了，就是回来，也没有人忙。爸爸妈妈说得很有道理，而且其中所包含着的老人对远在外地的儿女的思念之情尤为殷切。我就一个个地打电话给两个弟弟，让他们无论如何都回来过年，再忙再不方便都要回来。他们都很理解父母的心情，春节前两三天，就都回来了。

我们在家住了好几天，直到正月初六以后，才先后离家返回各自所工作、生活的城市。离开的时候，都有些恋恋不舍，孩子们甚至不想回去了。短短的几天，我们再一次感受到了亲情的温暖，体会到了家的温馨。当然，在感受妈妈幸福的同时，也觉出了妈妈的疲惫。我们回家过年，既给妈妈带来了快乐，但过度的忙碌也使妈妈劳累。因而，面对妈妈，我们的心中又深感愧疚和不安。

果然，妈妈真的累病了。妈妈原本有高血压，需要正常吃药，不能太过疲劳。春节期间，妈妈太辛苦了，有时又未顾得上吃药，终于血压升高，出现头昏无力的症状。妈妈熬了几天，实在熬不下去了，村里的医生也警告说再不治疗说不定会有危险。妈妈这才叫大哥打电话给我，我产生一种深深的自责。妈妈是因为我们回去而犯病的，如果回家过年是以增加妈妈的辛劳为代价，这样的回家，对于妈妈来说，倒是让她遭罪了。回家过年，理当要让爸爸妈妈感到轻松、快乐、幸福，而不是辛苦、忙碌、劳累啊！

妈妈的病当然很快就治好了，血压也很快就又恢复正常了。但我想，明年回家过年，要让他们真正享受过年的幸福和快乐，真正享受一家人团聚在一起的没有身心劳累的天伦之乐！

第三辑　邂逅一场雪

我在雪地上漫步,我把手中的雪抛向天空。忽然,我大叫一声,撒开双腿,在雪地上奔跑起来。我仿佛变成了一个十几岁的孩子,在雪中疯闹;又仿佛变成了一匹充满活力的小马驹,在雪中撒欢。

邂逅一场雪

那个冬天我回乡下老家,晚上和父亲、母亲以及大哥一家一起吃饭。虽然天气寒冷,但一家人围坐一桌,边喝酒,边说话,其乐融融。带着几分酒意,睡在老屋的那张父母睡了几十年的老式架床上,身盖松软的棉被,头枕高高的枕头,闻得见父母遗留在被窝里、枕头上的体味,感到很亲切、很温暖。夜里睡得很实,老鼠的窸窣声,野猫的叫声,都没有听到。夜很静,老家很静,乡村很静,一颗浮躁了的心也变得宁静起来。

第二天早晨,我从睡梦中醒来,忽然听到爸爸妈妈的说话声:

"夜里下雪了!雪好大呀!"

"这雪下得好啊!"

下雪了?——我有点惊喜,急忙起身,来到屋外一看,啊,到处白茫茫一片!广袤的麦田铺上了一层洁白的雪被,菜地里未被遮盖住的碧绿的菜叶,如散落于雪被之上的片片翡翠,屋顶变得雍容华贵,树枝变得晶莹剔透。一阵风吹来,屋顶上、树木上的浮雪似碎玉银屑,纷纷扬扬地飘落下来，飘到人的头发上、脖颈内，凉丝丝的。这个冬天的第一场雪就这样悄悄地来了，她是要给我一个惊喜啊！她知道我喜爱乡村的雪景，就在我住在乡村老屋里的这个夜晚悄悄地来了！

好一场瑞雪！久违了！

我在雪地上漫步，我抓了一把雪在手中，我与雪做亲密的接触。雪是冰凉的，但我分明觉得它有热度。哦，这是我曾经堆过雪人的地方吧？这是我们一群小伙伴打雪仗的地方吧？嗷——嗷——打中了……打中了……看我的雪人……看我的雪人……哈哈哈哈……童年的欢乐犹在眼前，童年的笑声犹在耳边，忘不了啊！在我的记忆里，那时的天比现在冷，那时的雪比现在大，那时的我们虽然衣衫单薄破旧，但欢乐却一点不比现在的孩子少。一到数九寒天，下雪了，我们堆雪人、打雪仗；河面上结冰了，我们在冰上滑行比赛；屋檐边挂上冰凌了，我们掰下来当刺刀玩，甚至放在嘴里吮吸，权当夏天的棒冰。我们还会做一些恶作剧，把雪团成一个小小的、圆圆的雪球，偷偷地放进女同学的书包里，或者抓一把散雪悄悄地灌进女同学的衣领里，为此我们常会受到老师的处罚。

我在雪地上漫步，我把手中的雪抛向天空。忽然，我大叫一声，撒开双腿，在雪地上奔跑起来。我仿佛变成了一个十几岁的孩子，在雪中疯闹；又仿佛变成了一匹充满活力的小马驹，在雪中撒欢。什么老成持重，什么沉稳谨慎，什么胸有城府，统统都到一边去吧！在大自然的怀抱里，在老家的土地上，我就是我，一个率真率性的我，一个袒露着真面目、真性情的我，一个洁白如雪透明若冰的我，一个赤裸裸无半点遮掩优点缺点污点亮点麻点疤点闪光点，都清清楚楚明明白白的我！

那个冬天的第一场雪，我在老家与她相遇。如遇我的初恋情人，让我回忆逝去的快乐时光，让我找回失去的赤子情怀，让我的生命再次注满激情。

紫花儿

这里，一片桑林，桑葚累累。一阵风儿吹过，叶片沙沙作响，随着枝条的蠕动，几粒桑葚掉到地上。我走进桑林，倚靠在粗壮的树干上，伸出手掌，一粒桑葚落在我的掌心，绽开一朵紫花儿……

啊，我的紫花儿——

小时候，我喜欢吃桑葚。夏日的午后，我常到屋后玩，看见地上掉了很多桑葚，抬头望望比屋檐还高的桑树上，缀满了星星似的紫里透亮的桑葚儿，我的嘴巴里总要流出口水。有一次我回家搬了一张大凳，放在树下，抖抖索索地站到上面，伸手够那垂挂着的沉甸甸的枝条，正要抓住晃动的叶片时，大凳突然一翻，跌倒了，屁股撞在凳脚上，疼得我哭起来。

爷爷来了，急忙抱起我。我哭着："爷爷，我要吃桑葚儿！"爷爷揉着我的屁股："不哭不哭，爷爷给你打。"爷爷拿来一块大匾，放在树下，用一根竹竿抽打着枝条。匾上落了一层桑葚儿，紫红紫红，那甜甜的汁液都快流出来了。我趴在大匾上，手紫了，嘴紫了，心儿甜了。

爷爷蹲下身来："给一个爷爷尝尝！"我抓了一把塞进长满胡碴儿的嘴里。爷爷乐了，把我搂进怀里，在我的腮上印上了两朵紫花儿……

我问爷爷："桑葚儿吃下去肚里会长树吗？"

"长树？哈哈……"爷爷大笑起来，"会长树的！等到肚里长了树，你就长大了，像这棵桑树一样，有叶有果儿……"

倚靠在粗壮的树干上，看着掌心里绽开的一朵紫花儿，我一阵愧悔。是的，我长大了，可我成了一棵树吗？我有叶有果儿了吗？十几年就这样匆匆过去，这一片荒地却长出了葱郁的桑林！我把桑葚放进嘴里，慢慢地咀嚼着，一股生命的活力注入我的体内，心中的紫花儿又忽地绽放了……

哦，我的紫花儿！

曾经绿过

至今我都忘不了那棵小桃树。

那是一个热得使一切都熟透了的夏夜,我到学校上自修,在教室门口,明喊住了我,妩媚地一笑,将扎成花朵一般的手帕塞到我手中,回家打开一看——啊,一颗熟透的带着少女芬芳的桃!我吃掉桃肉,将桃核埋进院子角落的泥土里,让它在那儿蓄我初恋的梦。

那时,我们读初中二年级。正是十六岁的花季,男女间的相互吸引,使我们情窦初开。我们传纸条,赠照片。倚在黑暗的墙角,我们共同倾听寂静中秋虫的鸣叫;漫步朦胧的月下,我们一起分享田野上凉爽的夜风……也曾受到老师的批评,也曾受到家长的呵斥……但这样的批评、呵斥在我们都是甜蜜的。

埋在泥土里的桃,经过了秋的憧憬,冬的孕育,在一个春天的早晨,拱出了两片嫩绿的芽儿——啊,好精神、好水灵、好妩媚、好有生命力呀!我好惊喜——这就是我初恋的梦的精灵吗?

整整一个春天,我精心护理这棵幼芽,我不许任何杂草侵害它,发现一根立即拔除。为防鸡啄狗踩，我在它的周围围起了栅栏。每天，我蹲在它面前，给它松土、浇水、治虫，我用心跟它交流、对话，我给它取了一个名字，叫"爱情桃"……终于，"爱情桃"长得有三尺多高了，苗条的枝，碧绿的叶，亭亭玉立……

初中毕业后，明因家庭经济困难而辍学，我上了高中。分开了，见面的机会少了，但我和明却因年龄增长而感情愈厚。我每周六从镇上回家，每次她都等在那条小路边，给我一块饼，给我一把豆，给我一个甜甜的微笑。我看到她比在学校时黑了，但却更丰满了，处处透着一个成熟少女的美。我感到陶醉。回到家，我便去看我的小桃树。几番雨露阳光，小桃树又长高了，更具丰采了。哦，这"爱情桃"，这初恋的梦的精灵！

一个星期六的傍晚，我从学校匆匆往家赶，走到那条小路边时，天已经黑下来了，想不到明仍站在那儿等我。我抚摸着她的两只冻得冰凉的手，心中一阵激动。突然，明扑到我的怀里，抽泣起来。我吓了一跳，捧起她的脸，惊慌地问发生了什么事。她抽抽噎噎地告诉我："大哥三十多岁了，娶不上老婆，爸爸妈妈狠下心用我去换……我不愿意，妈妈……跪在我面前求我……我对不起你……""这……这……这怎么可能？——这不能答应！这不能答应！"我由吃惊而愤怒。我紧紧地抱着明，生怕谁抢走似的。可是明却挣脱了我的臂膀，哭着向远处跑去，向黑暗深处跑去。我没有追，也没有喊，只是呆愣愣地站在那儿。天很黑，月亮被乌云遮盖着，夜风吹动着树叶，发出沙沙的响声。我的眼泪汩汩地流出来……

从此，我怕见到小桃树，它那蓬勃的生机使我悲伤得欲哭无泪，每次从学校回家，我也尽量不从那条小路上经过。那条小路上随处都可以捡到一个我与她的故事——而这些故事又是怎样的如刀割着我的心！

考上大学离开家乡时，我与我的小桃树告别。想不到它枝干萎缩，骨瘦如柴，枯黄的叶片被虫蛀鸟啄，百孔千疮。望着它，我想到了明，想到了夭折的爱情，心在流泪。啊，小桃树，你好可怜，你从生长出来到今天还从来没有开过一朵花呢！"桃之夭夭，灼灼其华"本是你的憧憬，现在却变成永不可能实现的梦想了。

折一截枯萎的枝干，采几片憔悴的黄叶，挥挥手，与小桃树依依惜别，我踏上远行的路。

小桃树枯萎了，但它曾经绿过，我永远也忘不了它！

午后的蝉声

那个午后的蝉声,虽然已过去了四十多年,但仍清晰地留存在我的记忆之中。

是一个夏日的午后,在田地里经过烈日的烤晒流了半天汗的大人们刚刚吃过午饭,正躺在树下休憩,轻微的鼾声从他们的鼻腔向外舒畅地发散。土屋里没有一点人声,爷爷钟爱的一只小花狗也无声无息地卧伏在草堆旁,眯着眼睛在打盹。家养的几只芦花鸡钻进了瓜棚,百无聊赖地转悠。一切似乎都静止了,只有河边高树上的蝉在一声紧似一声地叫着:

"吱——吱——吱——吱——"

"吱——吱——吱——吱——"

声音悠长,嘹亮。一会儿这只蝉在叫,一会儿那只蝉在叫,一会儿几只蝉一齐叫。独唱,二重唱,大合唱;单声部,双声部,多声部。乡村夏日的午后,夏日午后的河边,午后河边的树上,完全是蝉的世界,蝉的乐园。

"吱——吱——吱——吱——"

"吱——吱——吱——吱——"

八岁的我，在这样一个夏日的午后，在大人们都睡着了家里一点声音都没有了以后，在玩腻了木手枪木陀螺口渴了到厨房的水缸里猛喝了一气凉水以后，忽然产生了一种无聊、无助的孤寂感，仿佛被人抛弃了似的，没有谁理睬我，没有谁关心我，没有谁要我。房屋变得空旷，四野变得寂静。沉睡着的静止着的一切好像已经离我而去，永远也不会醒来。我不知道怎么办，我的小小的头脑一片空白。

"吱——吱——吱——吱——"
"吱——吱——吱——吱——"

这时，我听到了蝉鸣，蝉声突然吸引了我，我随着蝉声走出家门，走向小河边。我站在树下，我仰起头，搜寻着蝉声响起的地方。在那高高的树枝上，我终于发现了一个蝉，两个蝉，三个蝉……我终于发现了好多好多个蝉，他们贴伏在树枝上，看似一动不动，但却发出尖利的鸣声。它们鼓动着腹部，连续不断地叫着，薄薄的蝉翼被透过树叶的光斑照耀得闪闪发亮。它们不热吗？它们不累吗？它们不想喝一口凉水润一润喉咙吗？

"吱——吱——吱——吱——"
"吱——吱——吱——吱——"

我呆呆地站在树下，痴痴地听着一声接一声的蝉鸣蝉鸣蝉鸣蝉鸣蝉鸣蝉鸣……

蝉是在唱歌吗？蝉是想让这个寂寞的午后变得热闹一些吗？或者，蝉在相互比赛，比谁的嗓门大，比谁的嗓音响，谁赢了，谁就成为动物界的"歌王"？或者，蝉是一个个走失的孩子，它们在用自己的生命发出一声声对妈妈的呼唤："妈——妈——妈——妈——"

在这个夏日的午后，我变成了一只蝉。

路

　　这条路，一头连着我的老家，那个叫竹园垛的小村；一头连着外面的世界，那个有着宽阔的公路经过的繁华的小镇。

　　这条路，我走过若干次，当它还是一条弯弯曲曲的土路时，我走过；当它变成一条宽阔平坦的大道时，我更走过。哪儿有道坎，哪儿有个墩，我清楚；哪儿有株什么树，哪儿有朵什么花，我也清楚。闭着眼睛，我能骑车从这条路上经过；听着风声，我能知道到了哪庄哪垛、哪沟哪河。

　　这条路，我是太熟悉了。

　　这条路，我是太亲切了。

　　记得第一次走这条路，我还是一个八九岁的、正读小学三年级的孩子。那时候，我并不知道这条路通向何方，当我踏上这条路的时候，我也不知道我到底要去哪儿。我只是漫无目的地走着。我向前走一步，回头望一回，我害怕有人发现我，又希望有人看到我。那是我第一次逃学啊！我实在忍受不了那烦人的加减乘除的折腾，我实在忍受不了那完不成作业而受到的"站壁"的处罚，我常常人坐在教室里，心却如窗外树上的小鸟，我多么想脱离束缚，也能自由自在地飞啊！终于，在一天下午的第一节课后，我趁上厕所的机会，一个人偷偷离开学校，沿着这条路，一步步向前走去。

那时的这条路，还是一条土路，刚刚下过雨，路上的土坑内还积满雨水，路边的小河内长着一丛丛的芦苇，在秋风的吹拂下，不停地摇动，把浅浅的水面弄出一道道波纹。我跑累了，就在路边坐下来，看着那芦苇出神，猜想着，那苇下也许有一条大鱼呢！就想什么时候能带上鱼竿到这儿来钓鱼。这样痴痴地想着，就忘记了上学的烦恼，就忘记了逃学的后果。不知不觉，太阳就渐渐地靠近地平线了，天就渐渐地暗下来了。我这才慌张起来，我得要回家呀！可当我站起来准备回家时，我突然弄不清哪儿是回家的方向了。望着那渐红渐大渐暗的太阳，我心中忽然有点害怕起来，我不顾一切地朝自己认为是回家的方向跑起来。哪知道，我越是跑得快，离家就越远，待到天完全黑下来的时候，待到我气喘吁吁、四肢无力的时候，我才知道，我已经找不到家了，我迷路了，我害怕得大声哭起来。夜很静，路上一个人也没有，我哭得很伤心、很绝望，也很后悔。一会儿抽噎，一会儿号啕，我甚至喊了几声爸爸、妈妈，然而回答我的只是远处黑影幢幢的树枝上飞出的几只夜鸟的鸣叫声，之后就是更为可怕的寂静。

当我终于回到家的时候，已经是半夜了。我的爸爸妈妈到了天黑发现我没有回来，就到学校去找，自然，学校里是空无一人。他们就找到老师家要人，老师说我下午没有上课，他正要找家长呢！我爸爸妈妈就沿着这条路一直向前找，他们打着手电筒，一边找，一边喊，待到他们找到我时，我已经倚靠在路边的一棵树上睡着了，脸上、手上、身上满是鼻涕泥迹，可怜巴巴地蜷缩着身子，就如一个小叫花子一样。妈妈抱着我，心疼地哭了。那个晚上，我乖乖地跟着爸爸妈妈回了家，我做好了挨骂挨打的准备。但想不到，一直到我回到家中，爸爸都没有骂我一声，妈妈还帮我洗脸洗手换衣服，给我做晚饭。我捧着热腾腾的饭碗，一口未吃，眼泪倒哗哗地流下来。

从此，我再也没有逃过学。

当我以优异的成绩从小学读到初中，又从初中读到高中的时候，我已经是这条路上的"常客"了。我几乎每天都要从这条路上经过，我的学校就在路那头的那座繁华的小镇上。早晨天刚蒙蒙亮，我就从家里出发，到镇上去上学，中午在学校吃中饭，傍晚放学后，我又从镇上回家。如此日复一日，直到高中毕业。后来，我经过这条路，外出读师范，师范毕业后，我又经过这条路，走上工作岗位。后来的后来，我就经常从这条路上外出，又从这条路上回家。而总是外出的时间长、回家的时间短。当这条路变得越来越宽阔、越来越平坦、越来越好走的时候，我反而走得少了。我已经在另外一个原本陌生的地方重新为自己安了一个家，这条路所连接着的那个老家有时反而成为他乡了。小时候想离家但有家难离，大了想回家但有家难回啊！想起第一次走在这条路上的情景，真是感慨良多！

若干年后的某一日，这条路上出现了一个手拄拐杖头发花白的老人。这个老人在这条路上慢慢地走着，累了，就在路边坐下来歇一歇，看看远处田野的风景。有时老人还会闭目遐思，让思绪回到遥远的过去；有时老人也会凝神寻觅，想找出一点遗落在路上的童年的足迹青春的梦痕；有时老人又会哼上几句歌谣，尽管不成曲调也听不清歌词，但却自有一种人生的况味……老人感到，这一生走过许多路，还是这条路最亲切！

这个老人就是我。

没钱的日子

师范两年,但实际在校时间只有一年半,除去放假,也就四百多天。可就是这看似短暂的日子,我却过得并不轻松。

不是功课紧张,也不是思乡念家。十八九岁年纪,有的是精力,更不懂寂寞。

只因为没钱!

那时整个中国普遍都穷,"文革"虽然结束,新时期也已开始,然而,农民的日子依然十分艰难。高考制度的恢复让农家子弟圆了大学梦,可一旦考取,上学的开支又成了家庭的负担。尽管那时的费用并不大,但对一年到头几乎没有什么收入的农民来说,却无疑是喜中之"愁"。

我就是在那时考上泰兴师范的。

记得开学那一天,父亲挑着木箱和衣被行李把我送到车站,给我买好车票。车来后,又帮我把木箱、行李放到车顶上,然后千叮咛万嘱咐,特别交代要把钱放好,路上不要现眼,防止有扒手。直到汽车开出老远,父亲还站在路边挥着手,那颗放不下的心似乎还一直悬着。

我理解父亲。藏在里面衣袋里的那二百多块钱来得实在不易啊！有卖鸡蛋攒下的，有卖山芋苗赚来的，还有卖猪子得来的，过春节，一家老小没舍得添一件新衣，最后还跟人家借了一点才好不容易凑齐的。我要靠这笔钱到学校缴书钱、学费以及其他费用，我还要靠多余的钱做一学期的零用。怎么能有半点闪失呢？

　　上学一段时间后，我和同学们发现了一个"攒钱"的办法：那时师范是国家包伙，每月伙食费十五元。如果停伙，学校退给学生伙食费。我们就常常在星期天停伙，这一天，我们不去教室，不上街，躺在宿舍里睡大觉。同宿舍的如果有谁带了炒面等吃的东西，就相互支持泡上一碗充充饥。更多的时候，是一天都不吃，只能喝水软饱。这样，一月停上几天伙，虽然挨了饿，但却可以得到一两块钱的退伙费。而腰包里有了一两块钱，对于我们来说，日子就会变得踏实，就会变得充满色彩。须知，那时买块烧饼五分钱，看场电影一角钱，买本砖头样厚的书也要不了一块钱啊！这样的攒钱方法，直到师范毕业，我和我的同学们都是常常使用的，我已记不清一共停了多少次伙，攒了多少退伙费。只知道，"退伙"帮我度过了许多个没钱的日子。

　　没钱的日子里，也有使我激动的时刻。那是我收到哥哥汇款的时候。哥哥高中毕业后找亲戚帮忙到航运公司船上学开机，后来被安排到建桥队上造桥，一个月也能拿个二三十块钱。这个数目在那时就是高工资了，然而，钱虽不少，但等着这钱的用项却多。要造房，要为哥哥找对象，要缴生产队公积金，过时过节还要跟大队、生产队干部客气客气，一年到头，几乎也没有什么结余。但哥哥从这有限的钱中，还经常挤出五块十块地寄给我，作为做哥哥的对弟弟上学的支持。尽管这样的次数也不多，但每次只要传达室人员喊我去拿汇款，带给我的都是无比的激动和狂喜。这一天的阳光格外灿烂，心情格外温暖，手拿汇款单，我常常沉浸到与哥哥朝夕相处的日子的回忆和对哥哥的无限思念之中。

毕业前夕，因同学之间需要互赠纪念品，还要参加一些聚餐等活动，需要不少钱用。靠退伙余钱已不可能，再叫哥哥寄钱或叫父母寄钱，开不了口。万般无奈之下，我想到了借钱。向谁借呢？只有向表哥借。我的一个表哥那时在学校做民办教师，每月也有二十几块钱的工资。表哥是老三届高中毕业生，写得一手好毛笔字，画得一手好画，从小我对表哥就很崇拜，并跟在表哥后面学习写字画画。表哥对我也很赏识，很关心也很喜欢我。参加高考前，我还曾在表哥处接受过辅导。对于我能考上师范，表哥也是万分欣喜和满意的。我就给表哥写了一封信，诉说借钱之事，并说待参加工作拿到工资后偿还。表哥接信后，很快就汇来了十块钱。这十块钱，使得我在毕业前避免了没钱的尴尬，使得我与同学们的分别增加了几分大方和潇洒。

然而，这十块钱到现在我都未还给表哥。先是刚刚走上工作岗位后，工资低，加之需要添置的东西又实在太多，一时没有顾上偿还。后是觉得表哥在我困难时所给予的支持虽然是十块钱，但其恩情远不是十块钱所能偿还得了的，总想要有所报答，可如何报答，却又一时拿不定主张——就这样一拖再拖，待到后来想偿还时，工资也一步步涨上来，又觉得再谈还十块钱的事，未免自己倒有些小气了——终于至今未能偿还。这是我常常想起而深感愧疚和不安的！

没钱的日子终于过去。

然而，因为经历过没钱的日子而养成的那种吃苦、节俭的习惯和品德却在我的身上永远地留存了下来。而这种习惯、品德在今天又变得格外宝贵。

怀念没钱的日子！

防　震

　　大概是在 1976 年下半年，我们这儿闹地震，广播里几乎天天都在宣传地震前有哪些征兆、如何预防地震等。因为有过唐山大地震的惨痛教训，大家都不敢麻痹，家家户户搭了防震棚，吃住在防震棚内。不少学校都在操场上或树林里上课。一些住在城里的人也纷纷下乡投亲靠友、寻找安全地带。一有风吹草动，立即引起一片恐慌。要是哪家的狗叫个不停，哪家的鸡飞上了树，更是要作为地震预兆向大队和公社报告。人们的生活秩序完全被打乱了，人们对未来生活的希望和信心也动摇了，在不知何时到来的地震面前，人忽然变得那么软弱、卑琐、可怜。

　　我家也在门前的菜地里搭起了防震棚。说是菜地，已没有菜，为搭防震棚，父亲狠下心将长得非常茂盛的一片茄子连根铲掉了，又挖来泥土将地面垫高夯实。然后用木棍、竹篙做成人字形棚架，上面用塑料布、草帘子盖好，既遮风挡雨，又没有什么重量，倒下来砸不伤人。床铺就摊在地上，草席下面用塑料布隔潮。猛然从屋里搬到这里来住，倒也感到新鲜。一家人挤在低矮狭小的棚子里，虽然有些不便，但却有了一种

"同生死共患难"的意味。

防震棚为我们消除了地震的恐惧，夜间我们可以睡个安稳觉了。然而，有一天晚上，我脱去衣服，掀开被单，正要把腿伸进被窝时，突然发现被窝里盘着一圈黄色的东西——蛇！我大叫起来，想往外跑，头一抬起，又撞到了木棍。大人们听到叫声，都围拢过来，一看是一条蛇，急忙用铁叉挑到外面。我说，赶快打死它！爸爸说，不能打，这是一条家蛇，不咬人的。看着蛇慢悠悠地游走了，我的一颗心仍扑通扑通地跳个不停。从此以后，每晚睡觉，都要先将被单翻过来检查一遍，确信里面什么都没有了才放心地钻进被窝。白天经常把被单以及摊在地上的草和席子捧出来晒。但尽管如此，我还是常常睡不着，老是感到四面八方有蛇向我游来，有时半夜还会从噩梦中惊醒。

晴天睡在防震棚里还好，晚上透过顶棚还可以看月亮、数星星，听听蟋蟀和青蛙的鸣叫，碰到刮风下雨天可就麻烦了。棚顶上到处往下滴水，棚底边上又往里渗水。有时风能把棚顶掀翻，人在里面根本没法住，更不要谈睡觉了。又不敢回屋里，因为听说地震前一般都要刮风下雨的，要是回到屋里，正巧发生地震，岂不是自投罗网？所以碰到这时候，一家人往往就在棚子里，黑灯瞎火地坐待天明。为了打发这难熬的时光，爷爷就给我们讲程咬金的故事，讲十把穿金扇的故事。外面虽然风骤雨猛，但我们却听得津津有味，一切的埋怨，一切的烦恼都抛之脑后。

在防震棚里住的时间长了，就有些怨了，而老是喊地震地却又未震，人们对地震就产生了怀疑，警惕性也松弛下来。加之天气也渐渐地凉下来，不少人就都搬回家里去住了。尽管广播里仍然要人们提高警惕、预防地震，但好像也没有以前那么紧张了。我们就也搬回家去住了几天。为了预防地震，我们连门也不敢关，还按照广播里说的，用一只啤酒瓶倒立在桌子上，如果地稍微有点晃动，酒瓶就会倒下来，发出响声。人一听到响声可以立即往门外溜，来不及溜的可以钻到屋内的方桌底下。

哪知有天晚上，一只野猫从外面钻进来，跳到桌上撞倒了酒瓶，"哗啦"一声，酒瓶从桌上滚到地下摔得粉碎。我被响声惊醒，大叫一声"地震了！"爸爸妈妈、爷爷奶奶以及弟弟们也都惊醒了，连衣服也来不及穿，只穿着一件内衣内裤就从床上跳下来摸黑跌跌撞撞向外跑。爷爷奶奶年纪大了，两腿发抖，跑不起来，嘴里喊着我爸爸的名字，声音都变了调。我和爸爸去扶着爷爷奶奶，一家人你呼我叫、慌慌张张地跑到门外，而庄上的其他人家也都被"地震了"的叫声惊醒，纷纷向外奔逃，到处乱成一团。安顿好爷爷奶奶，我和爸爸大着胆子进屋拿来了衣裳和被褥，一家人又惊魂未定地躲进了防震棚。

　　一会儿，爷爷抖抖索索地从铺上爬起身，他拉着我的手说："跟我来，我告诉你一件事。"我不知道爷爷有什么神秘的事要告诉我，就随他一起摸出棚外。就着微弱的星光，爷爷把我领到厨房门前，颤抖着举起手，指着门框上的横木说："有一块金子藏在这里面……是我年轻时在外做生意攒下来的，谁也不知道……这次地震，看来我和你奶奶是逃不掉了……你要记住……"爷爷好像在交代后事一样，我既害怕又紧张，不知如何回答爷爷，只是不住地点头。忽然地，我就有了一种长大了似的感觉，仿佛肩上承担起了什么重任。我把爷爷又搀回防震棚。爸爸妈妈和弟弟们都已睡了，整个村庄也安静了下来，可我却怎么也睡不着。

　　地终究没有震，可是这段防震的日子里所经历的一切回忆起来，常常引起我心灵的久久震动。

嘱　咐

老家出了几桩腐败案，先是红极一时的某集团老总被逮了，接着是已升到市里任职的原党委书记也栽了，后来又听说某某被"双规"了，某某主动交出受贿的钱物了，一时似乎"洪洞县里无好人"。

一日，母亲从乡下来城里看我。吃饭的时候，母亲跟我谈起这些事情。母亲说，这段时间老家谣言可多了，有说要对所有镇领导、单位负责人进行审查的，有说只要收礼、送礼在千元以上都要处理的。我不放心，你也曾在那儿工作过几年，大小也是个单位一把手，要是跟他们有什么瓜葛，可怎么办啊？母亲说这些的时候，一脸的担忧和焦虑。看得出，她是专程为这事而来的。

我对母亲说，你放心，儿跟他们没有关系，儿所工作的单位是清水衙门，无权无钱，儿这一辈子没什么出息，很大原因就是不会也不愿搞这一套，只能终身做一个清苦的文化人了。

母亲说，为人一世，图的是个名声。我生了你们弟兄四个，不图你们升官发财，只求你们平平安安，做个好人，做个任何时候都问心无愧的人。你爷爷去世时的嘱咐要千万记住啊!

　　我知道母亲又要讲爷爷的故事了。这个故事几乎成了我家的"传家宝",我不知听爷爷讲过多少遍了。记得爷爷去世前一天,他把我们孙儿几个都喊到跟前,又断断续续地说:要清清白白做人,碗外的饭不能吃一口。那一年,家里穷得断了顿,我做保管员,队长、会计想偷分公粮,我坚决反对。后来,他们瞒着我每人分了一袋,最后还是出了事。我一点问题没有,要是也把那一袋粮扛回家,肚子暂时能不挨饿,可以后怎么活啊?爷爷这一生没有做什么惊天动地的大事,唯有这件事,爷爷却常常把它挂在嘴边,一有机会就对我们讲起,并且引以为自豪。爷爷常说,饿死事小,失节事大。临终,爷爷还不忘对他的后辈再次嘱咐。

　　那时,我对爷爷的故事还并无什么特殊的感触,今天母亲又重提起,我却有了一种"如听仙乐耳暂明"的警醒。老家出现的这些"腐败分子",原本都是我的领导、同事、朋友,他们官盛财大后,我不妒不羡,只望他们好自为之;想不到,"碗外饭"一时吃得快活,却以自己的名节、清白作了代价。在可惊可叹的同时,实应引为鉴戒啊!

骑车的感觉

双休日,我骑自行车,回乡下老家。

手握龙头,足蹬脚踏,速度可快可慢,道路不分宽窄,沐浴春阳和风,感受水气泥尘,可结伴寻热闹,可独行以静思。想唱歌了,尽可以放开嗓门;要看景了,亦可以极目四顾。全然率心随意,自由自在——这骑车的感觉,真好!

身下的这辆自行车已跟随我十六年了。虽然早就锈迹斑斑,丑陋不堪,但它依然对我尽心尽力;虽然我曾经那么长时间对它冷落、嫌弃,但它仍然对我忠诚。尽管它并未老到"除铃不响其他都响"的地步,仅仅有些部位熬不住要偶尔发出一两声呻吟,但那大杠、钢圈依然硬朗、坚强,让你觉得值得信赖。你要它慢一点,只需轻捏刹把;你要它转弯,只需稍转龙头;你要它加速,只需脚下用力;你要叫别人让路,只需揿动车铃……它是那样对你服从、听话,它是那样让你感到得心应手——这骑车的感觉,真好!

自行车曾经给我带来多少帮助啊!在师范读书的时候,它曾驮着我的一颗思乡之心，往返一百几十公里探家；在走上工作岗位之后，它曾载着我的一片恋友之情跋涉一百多公里访友；在我从乡下调到县城工作的最初几年，它曾每天陪伴我晨出晚归……平坦的大道，它欣然前行；泥泞的土路，它义无反顾。阳光灿烂的日子，它高歌猛进；风雨交加的时刻，它冲锋陷阵……它从不说不，它从不偷懒，你叫它到哪里，它就到哪里，你想到哪里，它就把你带到哪里，你想什么时候出发，它就什么时候出发。它的要求不高，只要你给它打打气，只要你给它加加油。当它为你奔波得蓬头垢面你却没时间为它擦洗的时候，它也毫无怨言，继续坚守自己的岗位……

这骑车的感觉啊，真好！

可曾有一段时间，我远离了自行车，我冷落了自行车。我嫌它丑陋，嫌它速度慢，嫌它花力气，嫌它没面子。我羡慕小轿车，羡慕那些坐小轿车的人。回乡下老家，我再不肯骑自行车，坐在小轿车内，我感觉到自己有了一种身份，有了一种气派，我的虚荣心得到了满足。然而，时间久了，我却又感到了一种与大地的疏离，与自然的隔膜，我更感到了人的心理惰性的增加，肢体活力的减弱。而这一切，使得人在得到享受的同时，也一点点失去，这种失去也许是不知不觉的，但日积月累，却是可怕的。当你终于意识到这一点，当你重又亲近你的自行车，当你蹬着脚踏，出了一身汗，甚至双腿感到有些疲累的时候，你消除的是你的惰性，磨炼的是你的意志，恢复的是你的活力，找回的是你的自信。

这个双休日，我骑自行车回老家，真正从心底深处感到，这骑车的感觉，真好！

桃树的厄运

门前的小公园里,长着一棵桃树。每年早春,天气尚寒,别的树木还都光秃秃地站着的时候,它却已经悄悄地露出花苞,不声不响地在某一天的早晨绽放出一身的美丽,随风摇摆出不尽的妖娆和芬芳,让你惊喜得像被什么击中似的,一颗心便被染成一片粉红。

这是为美化小区环境而栽的一棵景观树。也许当初决定栽植它的人读过《诗经》中"桃之夭夭,灼灼其华"的句子吧?不然怎么就有了这样的创意,选择了这棵桃树呢?确实,因为有了这棵桃树,小区的公园变得美了。每年春天,桃花盛开的时候,都有不少大人小孩来树前留影,洒下一片快乐的笑声;每天晨练的老人面对一树桃花,也仿佛回到了青春的岁月。

几番春风春雨,桃花谢了,桃树的枝叶却长得茂盛起来,花梗上也长出了一个个小桃果,开头只有绿豆大小,渐渐地就变得有指头大了,绿莹莹、毛茸茸的,随着枝条在风中摇曳。每次我从桃树前经过,都要看上几眼这绿色的小精灵,每次都会发觉它在不断地变大。我知道,这是桃花用生命孕育而成的，这小小的果实里面流淌着桃花的血液，这血液在果实成熟时就变成了那香甜的汁液！

这时，我就会吟咏起那首传诵千古的诗篇——

桃之夭夭，灼灼其华。之子于归，宜其室家。
桃之夭夭，有蕡其实。之子于归，宜其家室。
桃之夭夭，其叶蓁蓁。之子于归，宜其家人。

哦，多么美好啊！繁茂的桃树，盛开的桃花，丰硕的果实，美丽的佳人，喜庆的婚礼，和谐的家庭……啊，我懂得了这棵长在我家门前的树，这棵寄托着许多美好祝愿的桃树！

然而，令我万万想不到的是，在这棵桃树的果实还未成熟时，它却遭遇了厄运！

一天傍晚，我下班回家，刚在门口停下车，习惯性地抬头看桃树时，我惊呆了：桃树上的果实枝叶七零八落，低处的果子全被摘光，一根从主干上分杈出去、长得很粗壮的枝干被撕裂下来，垂挂在地，树下的花草被踩得乱七八糟——这是谁干的？桃子还未成熟，为何就下这样的毒手？为什么要伤害桃树？为什么？为什么？

晚上，我从妻子口中得知，是住在车库里的几个女人干的。因为小区紧邻着一所颇有名气的高中，不少外地孩子在此求学，她们就租房陪读。我所住的这座楼下就有五间车库被租。她们在孩子去上学后，就没什么事干，串门，闲聊，看电视，是她们打发时光的主要方法。她们也许并不关心桃花什么时候开了，也不会想到《诗经》里关于桃树的句子。但有一日在她们无聊的时候，突然发现那满树的桃子，她们兴奋了，她们的眼睛放出光来。她们不管它有没有成熟，她们也不管会不会伤着桃树，她们更不管桃树曾经装点过她们的春天，她们只要桃子！她们要的是桃子！！

　　桃树在几个女人面前，是那样的无助，无奈，无力！桃树在私欲和贪婪面前是那样的悲痛，悲伤，悲愤！

　　因为美丽过，因为结出了果子，因为具有世俗的功用，就注定厄运难逃吗？

　　桃树无言！我亦无言！

　　第二天，我用绳子为它扎紧伤口。看着那在风中无力摇摆的枝叶，我的心中有一种隐隐的痛，我好像听到桃树在呻吟。哦，桃树啊，你能自己愈合身上的伤痛吗？明年的春天，你还会带着一身的美丽站在我的面前吗？

桃花祭

春天到来了，我怀了满心的喜悦，等待着门前桃花的盛开。

然而，日子一天天过去，桃树没有任何动静，枝头没有出现一粒花苞。黝黑的枝条依然光秃秃地伸展着，任凭春风从它身上无声地刮过。

我期待着，期待着某一天的早晨，那一树的粉红会灿灿地出现在我的眼前。

可是，又一个月过去，桃树依然静默，桃花依然未开。而气候已然暖洋洋蓬勃勃起来了。往年的此时，一瓣瓣的桃花随着春风的吹拂已经飘落成一地的桃花雨，把我门前那片小小的绿地装扮得千娇百媚了。

我走近门前的这株桃树，我抚摸起一根根枝条，呀，枝条上咋这么多灰黑的斑点呀？皮层里咋没有一点绿色倒变得又枯又黄了呢？

难道死了？难道死了？

是的，桃树死了！桃树早就枯死了！春风再温暖，春雨再滋润，早就与它无关了！它早就不需要了！

我握着桃树枯瘦的枝干，久久不肯松开。我的心中涌起一阵酸楚、疼痛。自从住进这个小区，就与这株桃树为伴，春天，它用一身的美丽给人带来温暖，夏天，它以满枝的硕果给人带来香甜。每天早晨，当我起身走上阳台，首先映入眼帘的就是它绰约的身影；每天傍晚，当我下班归来，又会目睹到它安静地立于暮色之中、不受尘扰的姿态。它已经与我的生活连在一起了，它已经走入我的生活，走入我的生命了，我已经不能没有它了。我会跟它对话，我会跟它交流。我已经把它当成一个活生生的、有思想、有感情的"人"了！我不敢相信，它怎么就会死了呢？

但，它真的死了！这是千真万确的。它的躯体就在我的面前，干枯，冰冷，甚至根部已经有点朽烂。我的心中充满自责。我自认是离它最近的人，是最了解它的人，也是最爱它的人。可是我在欣赏它的美艳、享受它的甘甜的时候，关心过它吗？我想过它会生病吗？会有虫子蛀蚀它吗？会有小孩攀折它吗？它需要松土吗？需要除草吗？需要整枝吗？需要施肥吗？需要治虫吗？它的生命会受到什么侵害？我不知道，我没有尽到一点关心之责、呵护之责、守卫之责。

哦，桃树啊，没有了你，我到哪里去寻你的绿踪？哦，桃花啊，没有了你，我到哪里去觅你的芳魂？

我走进书房，从书架上翻出一本本书，那里面有多少吟咏你的诗篇！"桃之夭夭，灼灼其华"，《诗经》中的这一千古名句不消说了，单是唐诗宋词，可以说无处不见桃花。"桃花潭水深千尺，不及汪伦送我情""桃花春色暖先开，明媚谁人不看来""寻得桃源好避秦，桃红又见一年春""竹外桃花三两枝，春江水暖鸭先知""雨中草色绿堪染，水上桃花红欲然""西塞山前白鹭飞，桃花流水鳜鱼肥"，多美的诗句！可是我知道，正是因为你美，才有了这样美的句子，才有了这样美的诗。

这时，我读到一首诗："去年今日此门中，人面桃花相映红。人面不知何处去，桃花依旧笑春风。"哦，这是写我吗？这是写你吗？这是写的你和我吗？不，不，不是写你，也不是写我，你已经不可能再"依旧笑春风"了，我也不是那站立花下与你"相映红"的妙龄少女。可这首诗又分明是写的你和我，不信，我稍作修改，你再吟来——

去年今日此园中，
人面桃花相映红。
桃花不知何处去，
人面哪堪笑春风。

雨下起来了，这是春雨，也叫桃花雨。但我不再担心一夜过来门前的桃花"落红无数"了。我唯一希望的是，那桃树没有完全死掉，它只是有点累了，想歇一歇，一旦春雨把它滋润得醒转过来，复苏过来，它还会长出嫩绿的枝叶，开出艳丽的花朵。

睡梦中，我的这个愿望实现了，在又一个春天到来的时候，我门前的那一株桃花又灼灼地开放了！

倾听鸟声

当我听到这么多麻雀的叫声时,我真是太惊异了。

从什么时候,我久违了这叫声的呢?不记得了,也许十年前,也许二十年前,也许更早一些。总之,在我的生命中,这种曾经令我心动的声音早已绝迹了。

可是,当今晚,我漫步这小城公园的河边,一切的喧嚣都静下来的时候,树上阵阵麻雀的欢叫立即把我吸引了,把我感动了。

小时候,麻雀可是我生活中不可缺少的"朋友"啊!

记得第一次捉麻雀是在一个冬天雪后的下午。那一天,从上午十点多钟开始,就下起了纷纷扬扬的雪花,气温也骤然下降。我和哥哥、弟弟们正在家里用火炉炸蚕豆、花生吃。忽然看到有几只麻雀钻到我家门楼下觅食。我就拿了一张筛子放到门楼下用竹竿撑好,在筛子下撒上一些米粒,用一根细绳绑在竹竿上延伸至屋内。我和哥哥、弟弟躲在屋里,手握细绳,等待麻雀来吃食。一会儿,有几只麻雀飞到竹筛下啄食,我突然把绳一拉,麻雀被覆盖到竹筛里面。我和哥哥、弟弟一起扑向竹筛,将麻雀捉住。然后找来一只笼子，将它关进去，养在家中。麻雀脾气躁，一旦被捉住或被关在笼子里，往往飞来飞去，横冲直撞，用不了多长时间，就会筋疲力尽，气绝而亡。我们终不忍看到这样的结局，在麻雀急得四处乱撞时，就将它放出去，让它重获自由、翱翔蓝天。

那时，在我们的印象中，麻雀是"害鸟"，因为它虽然吃虫，但也吃庄稼。为了保证庄稼丰收，人们常常在田里插上稻草人，以吓唬麻雀。由于与人争食，因而罪莫大焉，领袖一声令下，全国人民喊打。可怜麻雀与蚊子、苍蝇、老鼠一起并入"四害"行列。虽感冤枉，也无法逃离灭顶之灾。可麻雀毕竟与蚊子、苍蝇、老鼠不同，它尚可食。于是举国上下的"除麻雀"成了"吃麻雀"。一段时间，不少地方出现了一些以捕捉麻雀为生的人。这些人携带一张用竹片绷起来的半圆形的大网，来到生产队晒场的草堆旁，他们选准地方支好网，人躲得远远的，手中握着一根牵引竹片的绳子。待麻雀成群飞到网下啄食时，突然一拉绳子，那用竹片绷起来的半圆形的网猛地往下一罩，麻雀就被罩在网里，一个也跑不了。捉麻雀的人奔到网边，脱下鞋子，对着麻雀一阵猛扑，麻雀不被打死也被打昏，这时捉麻雀的人就将麻雀一只一只地捉进布袋内，然后扎紧袋口。据说，每天这些人能捉几十斤，他们回家将麻雀去毛剖腹洗净，卖给餐馆，或油炸，或红烧，一时成为人们争食的佳肴。

在麻雀遭至这样的厄运时，我竟也成为过"凶手"。不过，我没有用罩麻雀的网来捉，我用手电筒照。冬天时，麻雀晚上大多栖息在屋檐下的橡档草缝里，手电筒一照，一动不动，直接用手捉，一捉一个准。一个晚上，我跟哥哥往往能捉几十只，第二天能烧一大盆，全家人美美地吃上一顿。有时舍不得吃，就拿到街上卖，也可卖上几块钱，解决一点书钱、学费问题。好几年，一到冬天，捉麻雀就成为我们的"功课"，这"功课"带给了我们无穷的快乐。而在我们的快乐中，麻雀的叫声渐渐离我们而去，麻雀的身影也渐渐离我们而去，而我们竟毫无知觉。终于有一天，我发现，天空中竟无一只麻雀在飞翔。世界上只有人声嘈嘈，没有鸟声啁啾。我忽然觉得，只有人声的世界是寂寞的、单调的，我感到后悔，感到惊恐。

今夜，走在公园河边的小径上，耳听树上的鸟声，我感到无比亲切，我像听到了老朋友的问候，我等待这样的时刻太久了！我感到，有鸟声的世界多好啊！

灼 伤

我的双眼被刺痛了！

眼前，一个十三四岁的女孩，脖子上吊着一个写满字的牌子，双膝笔直地跪在地上。她低垂着头，几绺纷乱而发黄的头发遮盖着黑瘦的脸庞，单薄的衣衫在寒风中瑟缩。牌子上写着"家中遭灾、无钱上学、请求好心人支持"的字样。从她身边走过的人司空见惯，少数驻足观看的人，也只是摇头叹息一番，然后快速离去。女孩的膝前，摊放着一块小手帕，上面只有可怜的几枚硬币闪着灰白的光。我看不见女孩的眼睛，但我可以想象那双眼睛一定既充满希望又满含悲伤；我听不见女孩的声音，但我的耳边仿佛回响着女孩那稚气的令人心碎的乞讨之声。

我心不忍，从衣袋内掏出五元钱给女孩。女孩什么也没说，只是将低垂着的头点了几下，大概算是对我的道谢吧。我不需道谢，只是感到自己太渺小，没有更多的钱来救助女孩，我多么想面对川流不息的人群，振臂而呼：人们啊，请可怜可怜这小女孩，给她一点力所能及的帮助吧！可我发涩的喉咙什么声音也发不出，只能满腹辛酸地缓缓离去，任身后的寒风肆意地吹动着女孩单薄的衣衫……

又一次晚上，在热闹的大街上，我和朋友在饭店吃完饭回家，只见一群人围成一个圆圈，不少人挤上去引颈观望。我出于好奇，也挤进人群，昏黄的灯光下，跪着一个十几岁的女孩，地上用粉笔写了几行字。我借助微弱的灯光仔细辨读，原来是这女孩父母患了绝症，她和弟弟都已失学，为了让弟弟能读书，她恳请好心人帮忙……围着的一圈人以及不断挤进来的人知道了原委，有的掉头就走，有的只是傻站着，甚至还有一些人在起哄，很少有人给钱。我那被刺痛过的双眼再次被灼伤了，像有什么尖利的东西划过我的心，使我的心在流血。我将身上仅有的二十元钱都给了这女孩，然后像逃避什么似的离开了围观的人群。我不知道这个社会怎么了，我不知道我这样的举动是可敬、是可笑，还是可悲？为什么跪着的全是女孩？为什么承载这样的屈辱和苦难的都是这些瘦弱无助的女孩？苍天啊，你为什么要把这样的屈辱和苦难让这些孩子来承担啊？

好长时间，我的内心都不能平静，那刺痛我双眼、灼伤我心的场面一次次在我的脑海重现。有一天，在办公室偶然谈起，同事告诉我，这是一种谋生手段，牌上或地上写的都是假的，他们的监护人就在周围，他们有一个组织，每天这些女孩讨了钱都要上交到头儿那里……报纸上刚披露过……同事笑话我说，你是滥施同情，上当受骗。

我不信。但面对白纸黑字，我不能不信。我又一次被刺痛了，被灼伤了。

灯下读罗素，读到这样一段话：人支撑生活的动力来自三种单纯自然而又极其强烈的激情：对爱情的渴望、对知识的渴求，以及对于人类苦难痛彻肺腑的怜悯。是的，爱情、知识、怜悯，这是人生动力之源。可我不敢想象，要是"怜悯"被利用和亵渎，人的生活将如何支撑？

我真诚祈愿：别再用假象刺痛我的双眼！

我常常流泪

自古男儿有泪不轻弹。可我堂堂七尺男儿，却常常流泪。

我会为一篇文章而流泪。

多年前，我曾读过一篇题为《盼望秋天的女孩》、全文不足千字的短文。文中写的是在西部地区一个僻远的乡下，一个七岁的小女孩得了一种可怕的疾病——小儿麻痹，乡下医院毫无办法，医生叫去省城治疗，而省城是那么的遥远。小姑娘的爹说等到秋天，收了庄稼卖了钱，就去省城给她治病。从此小姑娘就开始盼望秋天。可第二年秋天到来的时候，爹只能带小姑娘到县城去治疗。从没有出过门的小姑娘以为县城就是省城，可当她听到医生又说"快去省城"时，小姑娘哭了。爹不敢看小姑娘的眼睛，爹说：孩子不要哭，今年咱的钱还不够上省城，到明年秋天……小姑娘只能等待下一个秋天。可又一个秋天到来的时候，家里要给大哥娶媳妇……一个秋天又一个秋天，秋天来了又去，去了又来，秋天总是和女孩擦肩而过。而过一个秋天，女孩就增添一岁，过一个秋天，病情就增添几分。可是女孩依然在执着地等待着秋天。在文章的结尾，作者这样写道：

  小姑娘在等待着。她的天真童年在病床上流逝，不曾背过一天书包，她不知道世界有多大，不懂得人生有什么样的含义。在她单纯的心里只想着她要治好病，她要站起来，她要快快地跑，欢乐地跳，跟别的女孩一样背上书包去上学……而这一切都包含在秋天里。到了秋天，丫丫就会变成一个蹦蹦跳跳的欢乐小丫。
  秋天不会很远。一个秋天过去了，前边还会有一个新的秋天。错过一个秋天两个秋天，可前边还有秋天。
  秋天总是要来的！
  小姑娘瞪着亮亮的眼睛在望着秋天，望着她的秋天。

  读到这里，我的眼中早已是热泪盈眶。我的泪为小姑娘执着的等待而流，为小姑娘不灭的希望而流，为那个父亲的无奈和痛苦而流。那个瞪着亮亮的眼睛在苦苦巴望着秋天的女孩，也许这一生中永远都没有一个属于她的秋天，她也许永远都不可能站起来快快地跑欢乐地跳……可是在她的心中却是坚信秋天总是要来的，总有一个秋天是属于她的！这是怎样的让人绝望的心痛！这是怎样的让人无奈的悲伤！而这一切的根源只是因为贫穷！
  我会为一首歌而流泪。
  最近得到一张碟片，是一个从未听说过的名叫刀郎的歌手演唱的歌曲。我不知道刀郎的真实姓名叫什么，我甚至对演艺界这种以怪异名字来标新立异、哗众取宠的做法心存反感。然而，当我一打开影碟机，当刀郎的歌声从音箱里一飘出，我的一颗心立即被他那沙哑而清亮的歌喉震撼了。他的声音像被沙漠里的风暴扬起的沙子，有粗有细，洋洋洒洒，一会儿自然地扬起，一会儿优雅地散落，在你放松着自己的心情感受着他的自然和优雅的时候，突然地一声激越而明亮的高音像是黑夜里猛然抛起的一把尖刀，很有力度地在扬起又落下的沙粒中闪着冷冷寒光，带给你透心彻骨的苍凉。他的声音一如他的名字一样，实在像是一把想要刺破点儿什么的尖刀。当我听到他用这把"尖刀"全新演绎的一首老歌——电影《冰山上的来客》插曲《怀念战友》时，我的一颗心终于被他这把"尖刀"一次次刺痛，而我的眼泪也禁不住滚滚而下。你听——

> 天山脚下是我可爱的家乡，
> 当我离开他的时候，
> 好像那哈密瓜断了瓜秧。
> 白杨树下住着我心上的姑娘，
> 当我和她分别后，
> 好像那都塔尔闲挂在墙上。
> 瓜秧断了哈密瓜依然香甜，
> 琴师回来都塔尔还会再响。
> 当我永别了战友的时候，
> 好像那雪崩飞滚万丈。
> 啊，亲爱的战友，
> 我再不能看到你雄伟的身影，
> 和蔼的脸庞！
> 啊，亲爱的战友，
> 你也再不能听我弹琴，
> 听我歌唱！

世界上还有什么音乐比这样的旋律更动人心魄，世界上还有什么情感比这样的别离更痛彻肺腑？世界上还有谁能把这样的一首差不多已淡出人们记忆的老歌演绎得像用一把尖刀撞击着人的心房？我不知道，我真的不知道。刀郎不是在用喉咙唱歌，刀郎是在用一颗心诉说着人世的苍凉和悲伤。面对这样的歌声，我无法不流泪。

我会为一个陌生的家庭而流泪。

不久前的一次下乡扶贫，我结识了这样一个家庭：丈夫肝癌，生命垂危，老父七十多岁，年老力衰，妻子是湖南人，女儿才八岁。家中能够变成钱的东西都卖出去为丈夫治病了，外面能够借到钱的亲戚、乡邻都借遍了。被病魔折腾得疼痛难忍的丈夫只得靠注射杜冷丁止疼而维持生命。当我们出现在这户人家门口，当我们耳闻目睹着这凄惨的情景时，我的心骤然一阵疼痛。当那七十多岁的老公公搀着八岁的孙女突然在我们面前下跪，口中喊着救救他们时，我眼睛一酸，泪忍不住流了下来。我急忙扶起老人和孩子，我不知道对他们说什么好，我甚至不敢、不忍看他们那充满期盼、乞求的眼睛。我能帮他们什么呢？我能治好小女孩爸爸的病吗？我不能。我能给他们以足够的治病的钱吗？我不能。我能说一些不痛不痒的毫无任何实际作用的安慰的话吗？我能，但是我说不出。我的酸酸的眼睛、我的涩涩的喉咙不允许我说这样的话。我唯有默默地流泪。眼在流泪，心在流泪。当我什么也没有说，只是从身上掏出了仅有的一点钱递到老人手中，然后离开这个不幸的家庭的时候，我感到自己的无能，感到自己的渺小，我感到自己的那一点同情心、怜悯心也是如此的可怜。第二次再去的时候，刚到村口，我们就看见远远有一支送葬的队伍向我们走来。在那队伍的前面，有一个头戴白帽、腰扎草绳的七八岁的小女孩，在大人的指挥下一会儿下跪，一会儿前行。小女孩那稚气的脸上满是迷惘和茫然。小女孩还不知道什么叫痛苦，小女孩也不知道失去父亲对于她的人生、对于她的现在和将来意味着什么。对于大人们所组织的这样的送葬，小女孩甚至还有一些好奇。送葬的队伍向前走着，没有人哭泣，只有那不成曲调的哇啦哇啦的吹打声响在田野上，像有一只手撕扯着人的心。当小女孩走过来认出我们时，不知是谁教她，还是她自己主动，突然在我们面前跪了下来……这一跪，我眼中的泪又哗哗流了出来。

……

呵，我常常流泪！我常常流泪！

艾青说：为什么我的眼里常含泪水？因为我对这土地爱得深沉。

我流泪，因为这世界有太多的痛！

我流泪，因为我心中有太多的爱！

雨丝纷飞忆母校

母校白米中学于2008年12月28日举行五十周年校庆,我应邀参加庆典活动。虽然天公不作美,淅淅沥沥地下着小雨,然而,当我冒雨走进这座久违了的、既熟悉又陌生的校园时,心中真是百感交集。哦,母校,自从与你分开,我竟很少与你亲近;哦,母校,自从与你离别,我已很少把你想起!可是今天,当我一见到你的名字,一看到你的身影,当那么多来自四面八方不同年龄不同身份的校友如众鸟归巢似的向你飞来,为你的生日欢呼、祝福的时候,我的眼中早已蓄满了泪水!关于母校的点点滴滴的记忆,忽如天空中纷飞的雨丝,将我的一颗干涸的心濡湿得淋淋漓漓——

一捆大蒜

1979年下半年,我和另外三名师范同学一起被安排到母校实习。一到这儿,我们就有一种回家的感觉。校领导为我们安排宿舍,落实指导老师和实习班级。我们四人中,有三人是白米中学毕业,老师们对我们都很熟悉。过去在这儿做学生时,不少老师都教过我们,现在我们也做上老师了,相互的尊敬、客气中就增加了更多的亲切。虽然是实习,但学校把我们当作正式教师一样看待,特别在一些细微处,每每让我们感动。

印象最深的一件事是实习结束后,我们已离校,而且也已放寒假了,学校里还趁人捎信给我们,说每人有一捆大蒜,让我们去拿。我得到信息后,来到学校。总务主任告诉我,要过年了,学校没有别的东西,每个教师分一捆大蒜,在后面的田里,你自己去挖。我拿了一把铁锹,来到靠近校园北围墙的那块种满了大蒜和其他蔬菜的田地里,一棵一棵地挖起大蒜来。正是天寒地冻的季节,西北风呼呼地刮着,然而我一点儿也不感到冷,相反心里热乎乎的。要知道,这可是我第一次享受单位分给我东西,第一次不花钱能给家里带回一份"礼物"啊!而更重要的,是母校没有忘记我们这几个实习的"临时老师",这更让我在即将走上工作岗位时,就感受到一种来自单位、来自人与人之间的温暖。在我后来的人生旅程中,我曾享受过不少来自单位的福利,相对于那些福利,一捆大蒜实在不值一提,但是却让我在时隔近三十年以后还记忆犹新。

那个冬日的傍晚,一个二十岁的小伙子冒着凛冽的寒风,背着一捆大蒜,满怀感恩,从学校步行十多里路回家的情景,让我终生难忘。

点刀和菜包

母校食堂里有一个姓徐的厨师,做菜的手艺堪称一绝,在整个小镇上都很有名。

那时学校的食堂除了学生吃饭之外,还有二十多个单身的教师吃饭。徐师傅就专门负责为教师做菜。他每天做的菜都不一样,有烧,有炒,

143

有荤，有素，都用巴掌大的小盘子分成一份一份的，一溜儿摆放在案板上。他炒的小炒，用的材料也是大蒜、茨菰、肉片等，但就是与别人炒的不同，那个香嫩可口真是没法说。隔三岔五他还做点刀（狮子头）。他做点刀不是用绞肉机绞肉，而是在砧板上一刀一刀地将肉剁碎，所以又叫砧点刀。如果从厨房门口经过，听到里面传出有节奏的砧刀声，不要说，中午又有点刀吃了。教师们都像过节似的，相互遇到都会说上一句"今天吃点刀啊"。上午第四节没课的人就会早早地拿了饭碗来到食堂，买上一两只，打上一碗饭，然后坐在餐桌上美美地享用。那点刀吃到嘴里嫩、活、鲜、香，入口即化，再把那汤汁泡到饭里，真的是打嘴巴也不丢啊！

每逢周末，徐师傅还为教师们做菜包。做菜包一般在周末下午，因为面要发酵，往往头一天晚上就要烫酵。包子好吃与否，取决于发酵和包馅，徐师傅酵发得好，包馅做得好又包得多，每次菜包都供不应求。有些住家户一买就是一篮子，自己吃不了还送给镇上的亲戚朋友，以致不少买迟了的单身教师吃不到，常常闹得不愉快而不得不限制每人或每户购买的数量。虽然这样，蒸包子所带来的快乐还是像那腾腾的热气，从食堂里飘逸出来，氤氲在周末的校园里。

至今我都觉得，那时我的母校就像一个幸福的大家庭。

"哐啷"爬门声

母校那时大门朝南，高两米五、宽三米左右，两扇对开，上面有一根铁横档，横档上焊着一排约三十公分长的尖头铁圆。门是用角铁和铁圆焊起来的透空铁大门。每天晚上十点多钟，晚自修下了后，传达室人员就要将门关上。晚归或者晚出的人如果不想或不愿打扰传达人员，就只能爬门。因此，每天夜里就常常听到铁大门"哐啷哐啷"的响声。

在这些爬门的人中，除了一些学生外，大多是年轻老师。母校在20世纪80年代，先后分配来了不少大中专生。年轻人多了，学校里充满生机与活力，但同时另一个问题也出现了：年轻人要谈对象，要恋爱、成家。校长当然是开明的，只要大家把课上好，恋爱尽管谈去，男大当婚，女大当嫁嘛。不少热心的老教师还当起了红娘。于是少不了的一个节目是晚上约会，有出去到校外田间小路上相会的，有来校内宿舍里见面的，时间长了，过了关门时间，出去或回来时只有爬门了。

我的恋爱、结婚也是在母校完成的。恋爱的那两年中，我和爱人都爬过不少次门。记得有一次爱人答应来我宿舍玩，可过了关门时间还未来，那时又没有手机，我在宿舍里心神不定，一会儿跑到大门口，等了半天不见人影，只好又回到宿舍。突然听到铁门"哐嘟哐嘟"地响，以为是爱人来了在爬门，急忙又跑到门口，可爬门人已向另一方向走去。不相信她会失约，回到宿舍耐下心来等。铁门一次次"哐嘟哐嘟"地响起，心中一次次升起希望，又一次次失望。终于，在铁门又一次响起，我已不抱任何希望的时候，爱人已经迈着轻轻的脚步来到我的门口。

那天晚上，当我把爱人送回家然后自己再返校时，母校的这两扇铁大门曾两次响起。在我的心中，这"哐嘟哐嘟"声，已经不是金属碰撞的声音，而是一种特殊的"爱的旋律"。多年以后，我跟爱人还常常回忆起那爬门的经历。如果说每个人的记忆中都有最美的声音，那我的记忆中最美的声音就是母校那"哐嘟哐嘟"的爬门声。

一间普通的小屋

我的文学梦是在母校做教师期间孕育产生的。本来，我的爱好是书画，从初中开始，我受表哥的影响，喜欢上了写字画画。读高中时，大队请我回去出过"评《水浒》批宋江"的漫画墙报，毛主席逝世后，全大队所有纪念堂的横标、挽联都是我写的。高中毕业考取师范之前，县防疫站还请我去画过全县血防作战图。在师范学校，我选修了美术课，在分配回母校前来报到时，我的行李中比较醒目的物件就是写生箱。然而，到母校工作时间不长，我就差不多放弃了书画，转而狂热地爱上了文学，成为一名"文学青年"。

20世纪80年代，可以说是一个文学的年代，母校虽处小镇僻壤，但也浸润着浓浓的文学氛围。我在教课之余，几乎把所有的时间都用到读小说、写小说上，宿舍里的灯光每天都要亮到下半夜。许多老师和学生都知道有个写小说的老师。可我写出的小说投寄给报刊后，不是石沉大海，就是完璧归赵，这让我很苦恼。同事楼文英老师告诉我，汤文红老师的爱人叫周桐淦，在《江苏青年》杂志任副主编，是一位作家、评论家，他回来探亲的时候，你可以去请教他。于是在一次周主编回来后，我就走进了他们居住的那间小屋。后来，每次周主编回来，我都能在那间小屋里聆听到他对我的指点和教诲。那是一间只有十几平方米的低矮的平房，很普通，很陈旧，可每次我向它走去的时候，心中都有一种异样的感觉产生。那是一间文学小屋，在那里，我真正地开始了我的文学启蒙。让我感到幸运的是，汤老师调到南京工作后，学校将那间小屋分给了我，做了我结婚的新房。住在那间房子里，我好长时间还能感受到周主编那温文尔雅可亲可敬的文人气息，那与我相对而坐侃侃而谈不吝赐教的师长风范。

后来周主编调到《雨花》杂志社，做过很长时间的主编，几年前又调到《扬子晚报》任副总编，还担任了省作家协会副主席，已是很著名的报告文学作家和文学评论家了。二十多年来，我一直以他为师，跟他保持联系。尽管我早已不做文学梦，也很少写小说了，但母校的那间他和我都住过的普通小屋，却成为我安放一颗文学之心的神圣之地。

第四辑　跟一棵树说话

太阳照在身上，暖洋洋的。老倔头心里也有点热热的。他变换了一下姿势，靠在椅背上，抬起头，眯缝着眼看了看太阳。然后又叹息一声：唉，老了，还说这些陈芝麻烂谷子的事干吗？

跟一棵树说话

河边上有一座小屋，小屋里住着老倔头。老倔头无儿无女，孤身一人。每天太阳升起来，他就会拿了一张椅子，坐到屋旁的一棵老柳树下，两肘搁在膝盖上，弯着腰，伸着头，看着那疤痕累累的树干和在风中摇动的枝叶。他的嘴唇会哆嗦着，发出一些听不清楚的声音。

老倔头在跟老柳树说话。

老柳树是老倔头唯一的伙伴。村里上了年纪的人都知道，这棵树在老倔头祖父手上就栽下了。"大跃进"时队里想砍下来盖猪舍，老倔头的父亲恨不得要跟人拼命呢。如今祖父、父亲都早已作古，弟兄姐妹也都各奔东西，只有他老倔头，一直与老柳树守在一起，不离不弃。

在老倔头眼里，它已经不是一棵树，它就是他的亲人。这么多年来，他心中有什么话，都是跟老柳树说。老柳树是他忠实的听众，不管他如何地絮叨，都会耐心地听他说完。他叹息，老柳树也会叹息；他开心，老柳树也会开心。

这不，今天太阳又升起来了，老倔头又坐到老柳树下与它拉家常了——

"哦,我的老伙计呀,按理呢,我该叫你叔呢,你是我爷爷栽下的,我就叫你柳叔吧。当年都是我没听你的话,不然现在也不会孤零零一个人呀……"

一阵风儿吹过来,柳枝发出"沙沙"的响声,好像在回答老倔头的话——

"现在后悔了吧?当年人我都为你留下来了,可你硬是倔呀,不肯收留人家娘儿俩呀……"

这事过去几十年了,但老倔头还记得。那时他还是个二十几岁的小伙子,有一天中午到河里挑水,猛然发现老柳树下躺着一个女子,旁边还有一个小孩,看样子已经饿得一点力气都没有。他急忙回家端来一碗粥,让她们吃下。他问女子是谁,为何流落到此?女子说,她叫萍子,因为饥荒,丈夫饿死了,她们娘儿俩出来要饭。女子突然跪在他面前,希望能收留她们……可他自家穷得都揭不开锅,拿什么养人家娘儿俩呀?硬是拒绝了人家。

"嗨,都是这'穷'字逼的呀!那个年头,天灾人祸呀!……"老倔头感叹。

太阳照在身上,暖洋洋的。老倔头心里也有点热热的。他变换了一下姿势,靠在椅背上,抬起头,眯缝着眼看了看太阳。然后又叹息一声:唉,老了,还说这些陈芝麻烂谷子的事干吗?今生可能就不该有老婆,不该有儿女,今生可能就该孤孤单单一个人!要不然,那个城里女娃怎么又没留得住呢?

"柳叔,柳叔,那个……那个城里的女子叫什么来着?……哦,想起来了,叫莞秀……莞秀……多好的一个名字呀,多好的一个女子呀!可下乡插队怎么会插到咱这个穷村里来的呢?……"

老倔头突然又有了兴致,又跟老柳树聊起天来。老柳树被风吹得

149

"沙沙——沙沙——"响,在老倔头听来,就像应和着他,在重复着"莞秀——莞秀——"的名字似的。

"这是缘分,缘分,你知道吗?可是你没有抓住!"

"可我不能乘人之危呀!我虽然想要个女人,想成个家,可不能做这样不道德的事呀……"

"不道德的是大队支书,是他把人家好好的闺女糟蹋了,人家投河寻死,你救了她,人家要报答你,想嫁给你,这算什么乘人之危?这是天赐姻缘……"

"不,不,不……人家二十几岁大姑娘,我一个四十岁出头的小老头,怎么能……怎么能……"

"你呀,倔呀,死脑筋呀……嘀嘀嘀……"

坐在老柳树下,老倔头想,好在没娶人家,不然又害了人家了!没几年,那下乡的知青们一个个都回城了,要是我们成了亲,是跟她一起进城呢,还是分手?进城恐怕不可能,城里生活我也过不惯,肯定是分手,可那样又让人家担个离婚的名头回去,这辈子就对不起人家了!不过,不过,莞秀确实是个好姑娘呀!……

老倔头有些说不动了,他对老柳树说:"老伙计,咱歇会儿再说吧,咱打个盹儿。"老倔头在树下睡觉,风儿吹着老柳树。几只喜鹊在柳树的枝叶间飞来飞去,发出"叽叽喳喳"的叫声。

一会儿,老倔头醒了,他揉揉眼睛,看看树上的喜鹊,听听喜鹊的叫声,头脑清醒了许多。他又开始跟老柳树谈起心来。这回老倔头可说得有些伤心,真的伤心。

"柳叔呀,你是我的亲人,唯一的亲人,我的话只能跟你说!这辈子我本也应该有个伴儿的呀,那个叫凤美的女人,本来会是我的呀,我们已经……已经……可想不到他的儿子要我拿出……拿出……那么多的钱……这是卖自己的妈呀!这是故意刁难我们呀!我哪有那么多的钱?

我要是有钱，还不早就成家了吗？还要等到六十岁吗？逆子呀！那女人多苦呀，四十多岁就死了男人，一个人把几个孩子都领大，容易吗？"

"记得第一次她来的时候，也有几只喜鹊在老柳树上飞来跳去，叽叽喳喳地叫个不停。我以为，喜事呀，这回必成呀！姻缘来了，挡不住啦！可哪知道，最后凤美是哭着从我这儿走的。老伙计呀，亲人呀，你知道吗？你怎么不给我拦下来呀……这回我没倔，我给她儿子下跪，求他呀，可他硬是不同意，今生这辈子这个悔呀！哎呀……哎呀……说到这事，我就想哭呀……不说了，已过去二十年了……今儿咋啦，怎么净说这些事儿呀……"

这次，老倔头一口气说了好长好长。只顾自己说，他不让老柳树插嘴，他想一吐为快。老柳树理解他，老柳树静静地听，听着听着，老柳树还发出叹息。老柳树也知道，这是一桩好姻缘，要是能成了，老倔头老了就不会孤单，就不会有话只跟它说了。那个多年没有一点笑声的破屋里就会有欢乐了。可老柳树有什么办法呢？它想留住凤美，但留不住；它想帮他筹钱，可就是把自己砍下来也卖不了几个钱啊！凤美哭着离开这座小屋，从它身边走过的时候，它也止不住流了泪啊！

老柳树在风中摇动着身子，枝叶的响声更大了，就像在为老倔头伤心。又似在安慰老倔头：这都是命！命！都这一大把年纪了，都到要死的年纪了，不必过于在意了，一切都该看淡了，看透了，看明白了！……

"凤美……凤美……"

"莞秀……莞秀……"

"萍子……萍子……"

老倔头在树下喃喃着。

小河边，小屋旁，只有老倔头和老柳树在说话。太阳暖暖地照在他的身上。四处一片空旷，是荒芜了的田野和在田野上游走的风。

"鱼在水"

"鱼在水"本名叫于在水,是我的一位小学启蒙老师。

于在水这个名字很特别,有说是出自《诗经》里"所谓伊人,在水一方"的,有说是"于"与"鱼"谐音,鱼在水中,可谓得其所哉!不是有个成语叫"如鱼得水"吗?也有的说是,小时候取名时算命先生说他五行缺水,故用"水"字来补。总之,这名字用现在的话说,叫有文化。

于在水确实有文化。他是我们村最早的高中生,在村耕读小学刚创办时就被安排做教师,后来还被任命为校长。虽然那时耕读小学只有两间教室,两个老师,二十多个学生,条件极为简陋,并不像一个正规的学校。教室也是村里仓库改建的,草顶泥墙,桁条、椽子都是用平田整地时扒出来的棺木做的,屋顶上常常往下掉泥块,墙角边还有老鼠打洞。但它毕竟是全村孩子上学读书的地方,在祖祖辈辈都没有一个人识字的村人眼里,它是一个"圣殿",能在这里做教师、校长的人就是"圣人",孔夫子不就叫"孔圣人"吗?

于在水个子不高，又长得瘦，但却很精干，说话有点女人声，尖厉而响亮。他不但会教学，而且能写，笔头快。大队（那时村叫大队）要写个汇报材料什么的，找到他，一个晚上就能完成，让领导很满意。他还会画画、写毛笔字，学校的山墙上有一块黑板报，被他画得图文并茂，吸引了许多村民和过路行人停下观看。每年春节前，大队搞文娱宣传队，他集编、导、演于一身，不少节目在公社和县里都得了奖，为大队争得了很多荣誉。大家都觉得他是个难得的人才。大队党支部就把他发展为党员，提拔为支委，还把他作为支部副书记的人选进行培养。村里的人遇见他，没有谁不恭恭敬敬叫一声"于校长"的。那段时间，于在水真可以说是"如鱼得水"。

我在村耕读小学读书时，于在水做我的老师。他既教我们语文，又教我们算术（那时数学叫算术），还教我们音乐、美术、体育、自然等课程。上课的时候，于老师那矮小的个子在教室前跳来跳去，像演戏一般。记得于老师教我们唱"鱼儿离不开水，瓜儿离不开秧"这首歌，于老师唱一句，我们跟在后面学一句，有人故意把它唱成"鱼——在——水呀，瓜——在——秧"，于老师听出歌词不对，反复纠正，待到明白过来是有人在故意捣蛋时，气得把歌本往讲台上"啪"地一摔。有时于老师正在上课，忽然一只麻雀从外面飞进来，或者一只老鼠在屋顶的桁条间窜过，教室里就会产生一阵骚动，一些调皮的孩子甚至会爬到桌子上大惊小怪地叫唤。这时的于老师就会停止讲课，用教鞭敲敲黑板，做出严肃的样子。非到忍无可忍，于老师绝不打人。

耕读小学只有一到四年级的设置，上五年级就要到另一所小学了。虽然在这里读书的时间是短暂的，但却留下很深的印象。特别是于在水老师，可以说是我们小学阶段遇到的最有趣的一位老师。

大概在我读初二年级时，于在水被调到离我们村十几里远的一所完小去做校长。这次调动对他是一种破格重用，更是一次脱胎换骨。要知道，耕读教师并不是正式教师，工资是大队负担，公社只给部分补助。现在调到完小做校长，一下子就转成了民办教师。而转了民办教师，以后就有可能转正式教师，而转了正式教师，就是国家干部！这是那个年代每一个农村人所梦寐以求的啊！果然，于在水担任那所完小校长没几年，就转为了国家正式教师，农村户口转成了国家户口，吃粮由原来靠生产队分，变成了拿粮本儿到粮管所买。他这条"鱼"终于跳了龙门！

多年以后，我师范毕业，也走上了教师岗位。不过这时，我的小学启蒙老师于在水早已不做校长了，连教师也不做了。听说是因为领导能力差，教学水平低，实在弄不下去了自己辞的职。完小不同于耕读小学，那里面是藏龙卧虎啊。做了几年校长，于在水被弄得心力交瘁，变成了一条"涸泽之鱼"。辞去校长职务后，于在水就到校办厂跑外勤。那时校办厂正红火，教师转行办厂的不少，国家发的工资照拿，还能多一块奖金、业务费，不少人都争着去。

我在做了几年教师后，调离了学校，不久又到县城工作，此后与于在水老师就断了联系。也不知他在校办厂情况如何。我曾认为，于老师做一个小学校长应该是"如鱼得水"的，现在才悟到：鱼也有自己生活的水域，不是每条鱼都能游向大海啊！

有一次，父亲从乡下来城里看我，喝酒聊天时谈到于在水。父亲告诉我，于在水现在不得过身了！办厂被人骗了十几万元，天天有人上门要债，每天都东躲西藏地不敢见人呢！临走时，父亲还叮嘱我，要是他来向你借钱可千万不能借，借给他可就有去无回啦！

于在水并没有来向我借钱，不过有一次回老家时，我却在村口遇见了他。只见他又矮又瘦又黑，脸上胡子拉碴的，五十多岁的人，好像六七十岁一样，完全是一个猥琐的农村小老头，看不出一点儿年轻时的精明、干练，看不到一点儿曾经做过教师、校长的那种"有文化"的影子。我正想问候几句，他却跟我说正要找我，准备办个剧团。我说，剧团可不同于文娱宣传队啊，演员从哪儿来？而且难管理，赚钱也不易。他笑笑，并不分辩什么，只是叫我帮忙。我答应下来。但此后他又并未再找我，可能是改变主意了，我也就未再过问。

大约是在 2008 年 5 月初的一天，我接到一个电话，是老家的同学打来的，他告诉我，于在水出事了。

我忙问，出了什么事？

同学说，于在水伪造中央文件，私刻公章，以举办奥运会名义，到企业去拉赞助，涉嫌诈骗，公安局可能要抓他呢！

我吃了一惊，半晌说不出话来——

于在水，他……他……他真是脑子进了水啊！

老崔的爱情

此次回乡，又遇老崔。

还是那个老样子，矮矮瘦瘦的身材，皮肤黧黑，一双粗糙的手好像从来没有洗干净过，皱纹里满是污渍。对人很热情，两只不大的眼睛笑成一条缝，流露出一脸的真诚。在我的印象中，任何时候遇到他，他的一只手里总是拿着一把游标卡尺，这似乎是他身份的标志，同时也让人感到他的忙碌。

他是一个制作弹簧的大师傅。

多年前，我在镇文化站工作，站上办了个弹簧厂。通过朋友介绍，老崔来厂里做师傅。他年近四十，已经做弹簧十几年，因为文化水平不高，只上了个小学，也没有什么大技术，纯粹属于土师傅。但他很舍得吃苦，工资要求也不高，遇有什么难做的活儿，常常没日没夜死干，在业内也算难得的人才。

熟了以后，渐渐地知道了他家的一些情况。他至今尚未成家，父亲早故，家有老母靠他赡养，两个弟弟都在他的操劳下，先后结婚生子，

156

各立门户。做弹簧师傅十几年积攒下的几个钱也花费殆尽。他未结婚，自然也无儿女，但他对侄儿、侄女却视如己出，关爱备至。不管有什么好吃的，都要省一口给他们，常常带他们到厂里来玩。有人说他和弟媳相好，孩子是他的。他也只是一笑，偶尔说急了，才跟人争辩几句。然后感伤地说："将来我老了，要靠他们呢，哪里有那些扯事啊！"

大家都知道，老崔是个很老实的人。

我猜想，老崔一定是年轻时家庭穷、子女多，婚姻才被耽搁下来的。现在兄弟们都成家了，他也还能挣到几个钱，找一个离异或丧夫的女人总可以，就动了为他说媒的念头。然而，先后介绍了几个，女方都不错，而且也愿意，可他就是不谈。我感到非常奇怪，同时也产生了一些怀疑——这人难道有什么毛病？

后来，终于解开了这个谜。

那天晚上，我和老崔一起喝酒。老崔酒量不大，但有些贪杯。几杯酒下肚，他突然伏在桌上呜呜地哭起来。我不知道触动了他什么伤心处，本来还想劝劝他找个合适的对象早点成家的，现在反而不便开口，只是劝他不要哭，喝酒，喝酒。他抬起头，用手抹了把眼泪，对我说："其实我是有老婆的人，我结过婚，我也有过孩子，只是这一切都被我的舅妈毁了……"

原来，老崔年轻时候，与他的表妹相恋五载，可舅母就是不同意他们结婚，硬逼女儿嫁给一个她不爱的人。表妹性情刚烈，一气之下，悬梁自尽。捧读遗书，老崔才知道，表妹肚子里已经怀上了他的孩子。两条人命就这样被逼死了。

"我在表妹的坟前，曾立下誓言：今生今世永不再娶。每年的清明节，我都要去为我的表妹、我的孩子上坟……"

说完这个故事，老崔又一次泪流满面。

这是个老而又老的故事，但我听了仍然好感动。普普通通的老崔在我的心目中圣洁和崇高起来。从此,关于劝他成家的话题再也没有提起。

后来,我调离了文化站。

一晃,十几年过去,想不到,今天能再次见到老崔。我们相互握着手,使劲摇着。他的一双眼睛笑得眯成一条缝。我感到,他年龄大了,但精神却比过去好了,给人一种恢复了青春的感觉。我们正谈着话,这时,从车间里跑出来一个五六岁的小男孩,边跑边喊"爸爸"。我正猜想这是谁家的孩子时,老崔已转过身去,抱起小男孩,指着我说:"快叫叔叔,叫叔叔。"我诧异地问:"这是你的孩子?"他憨厚地一笑,说:"忘了告诉你了,我已成家了,老婆是个湖北佬,人挺不错的,结婚第一年,就给我生了个胖儿子……"又有些羞赧地说,"还准备请你回来吃喜酒呢,因办得简单,就没好意思烦你……"

"你呀——!"我给了老崔一拳,"不够意思呀,今天你可要补我一顿喜酒呀!"

老崔"嘿嘿嘿"地笑着,满脸通红:"好,好,今天我请你喝酒……"

郑二呆子

郑二呆子是个玩气功的。

郑二呆子,既不行二,也不呆。因年轻时身体壮实、有力,只知呆做,不会耍奸,人送绰号"二呆子"。后跟随一家把戏团谋生,学得一手硬功,回来自己领头搭了个班子,索性以"郑二呆子"挂牌。久而久之,远近闻名。人们倒很少知道他的真名了。

旧社会玩把戏的江湖艺人其实日子过得很苦。有一年除夕夜,郑二呆子回家过年。他身无分文,又冷又饿。路遇一辆"官人"开的小汽车,他拦在路上。开车人下车呵斥他让路,他说,我身无分文,回去一家老小也没法过年,不如你将我轧死,如轧不死我,请给我点钱救我一命,让我一家人过个年吧!那人不知他有气功,车从他身上轧过,果真未轧死,只好给了他点钱。

新中国成立后,郑二呆子的小班子被政府收过来,成立了杂技团,郑二呆子做团长。做了官以后,郑二呆子就很少亲自演出了。时间一长,也就有点丢功。但因为他的名声大,每次杂技团演出,观众还是点名要看他的节目。他常常表演的一个拿手节目是用指头锥砖头。他将几块砖头拿在手上，敲得叮当响，告诉观众是真家伙，然后开始运气，将气全部运到右手的食指或中指上，那手指头也就真的像一根钢锥一样竖着，然后左手拿砖，右手的指头对准砖头锥下去，那手指不停地转动着，砖头上砖灰飞溅，不一会儿，那厚厚的砖头就被手指头锥出一个洞。观众们惊叹不已，报以热烈的掌声。

实际上，观众们都被郑二呆子蒙骗了。他根本锥不过，都是事先用钢钻将砖头锥个眼，里面用砖灰填上，然后在舞台上表演时对准那个眼煞有介事地锥的。有一次演出前，他事先准备好的砖被人偷换成一块老火砖，他锥了好长时间也锥不过，在观众面前丢了个大架子，气得将砖头往头上一拍，断为两截，嘴里还自我解嘲："昨天晚上不曾干好事。"

杂技团解散后，郑二呆子到一家工厂看大门。厂里以及社会上的小青年知道他会气功，都要跟他学。他却一个也不肯教，怕他们学会了到社会上去惹是生非。他的子女也没有继承父业的，都在社会上从事其他一些工作。不过由于他在杂技界资格老，名声大，每有外地杂技团来演出，都必先来拜望，请他多多关照。他从不为难人家，知道在外混不容易。有的地方风气坏、痞子多的，他还亲自出马，助上一臂之力。给他钱，他一分也不肯要。陪他喝两盅，却是他求之不得的。他平生好酒，每天三顿，每顿二两到半斤，酒不要好，菜也不讲究，但一顿不肯少。一边喝，一边吹过去玩气功、杂技的事，脸每天都喝得红红的，酒糟鼻子也红得发亮。这时的郑二呆子是最快乐的。

郑二呆子原来在杂技团没有住房，转业到厂里后安排了两小间房子，虽然低矮、潮湿、狭小，但一家五六口人住了十几年。老城区改造时，他的两间破房被拆除，搬进了宽敞的楼房。郑二呆子逢人便说："想不到我这一辈子还能住上这么好的房子，满足，满足！共产党好！"每天早上，他手托鸟笼，在小区花园内遛鸟、锻炼，一张红黑红黑的脸总是乐滋滋的。

　　也许是长期喝酒的缘故，也许是从小玩气功体力透支太大，郑二呆子得了癌症。郑二呆子过去从来没有生过病，他对自己的身体很自信。这次查出了癌，他就不肯住院治疗，说，反正是死，何必浪费单位的钱呢？家人逼着他在医院治了一段时间，他硬是要回来。最后医生也说到了晚期，确实没法治疗了，就把他弄了回来。回到家，他要老伴儿弄酒给他喝，老伴儿不肯，他说："我还靠这酒力上路呢！"老伴儿只好给他弄酒喝，一边弄，一边抹眼泪。

　　郑二呆子死时七十岁，离过生日还有两天。

　　人们都说，郑二呆子是条硬汉。

心 声

知道你的故事，是在一次下乡采风途中。

那次我们一行几人来到你村，乡村美景吸引得我们流连忘返。穿行在苍翠的竹林柳丛中，观赏着一幢幢造型各异的农家小楼，令人产生无限感慨。

这时，我们来到了你的楼前。这是一幢不算豪华但却非常实用的楼房，看得出主人的精明和实在。门前几株绿柳，屋后数竿翠竹，把小楼点缀得幽静典雅。真是一处乡间乐园。

我问随行的一位村干部："这是谁家的楼房？"

村干部答道："这是'穷光蛋'家的。"

穷光蛋？！我愕然。

见我不解，村干部笑了："'穷光蛋'是诨名，真名叫邱广根，不过在这里，'穷光蛋'出名，多数人不知道他的真名。"

于是，我知道了你的故事。

那个年头，你们一家确实穷啊！

你不是本地人，是从里下河地区逃难至此。六岁跟随父母讨饭，该上学的年龄无学可上；十二岁到生产队里混工分，该长身体的年龄吃不饱肚皮。父母长年生病，不能干重活，拿不到高工分，两个年幼的妹妹嗷嗷待哺。一家人挤在低矮狭小的破草棚里，年年过着"漏斗户"的生活。夏天，你从未穿过一件裤子，冬天，你从未穿过一双袜子，羸弱的身体过早地压上了生活的重担，小小年纪便已饱尝艰辛。人们给你取了一个充满辛酸和屈辱的名字——"穷光蛋"。

穷则思变，你也想变。你养鸡养鸭，可被说成资本主义尾巴；你育山芋苗卖，又被说成走资本主义道路；你到外地一家肉联厂做临时工，学杀猪，想赚几个钱回来养家糊口，更被斥为"外流"，硬是将你逼了回来。你什么也不能干，只能永远受穷。

因为穷，你找不到老婆，光棍一直打到三十多岁，才从外地征婚征来了一位姑娘；因为穷，你父亲病故，连办丧事的米都没有，还是左邻右舍接济才将父亲安葬。你想甩脱"穷光蛋"这顶辛酸而屈辱的帽子，可是怎么也甩不脱。

那段梦魇般的岁月啊！

然而，历史终于掀开了新的一页！

当开始分田到户的时候，当允许个体经济发展的时候，你感觉到了冰消雪融、大地春回的讯息。捆绑着农民精神和肉体的绳索终于被解开，你知道，靠自己的双手改变自身命运的时候到了。

你开始卖猪肉。先到食品站拿肉卖，赚点差价；后来，你自己杀猪卖；生意做大了，猪越杀越多，你索性办起了家庭屠宰场。每天半夜，你就起身，人手不够，一家老小齐上阵。那肥壮而肮脏的猪子，在你的手上，三下五除二，很快就收拾成一片片白花花、干干净净的猪肉。你卖肉、杀猪，从不短斤少两，你把做人看得比赚钱更重要。你感激在肉联厂做临时工那段时光，感激在那时教你手艺的师傅；你更感激能让你施展身手、大赚钞票的好政策、好时代。尽管每天你都很辛苦，筋疲力尽，但你心中好高兴,每天晚上数着白花花的票子,你真的好开心。

你开始造屋。有一座像样的房子是你的理想,是你结婚时对妻子的承诺。你的要求不高,只要能有一座七架梁的瓦房就心满意足了。然而,瓦房砌好不到几年时间,就落后了。不少人家已经建起了楼房。你也不甘落后,又开始了第二次造屋。当这座楼房落成的时候,你鞭炮从夜里放到天亮,酒宴摆了几天。每天进出楼房、上下楼梯,你都精神抖擞。你想不到,这过去只有城里人才能住得上的楼房,竟然在农村成为寻常住宅,如雨后春笋,纷纷崛起。你唯一感到遗憾的是父母去世太早了,没有享受到这"楼上楼下、电灯电话"的好日子。

走进你的家门,看着琳琅满目的家用电器、新式家具、摩托车以及美观大方的室内装潢,我们赞叹不已。更令人惊奇的是,你的楼上还有一间敞亮的书房,满壁图书,散发浓郁的书香。一台电脑放置在写字台旁,又增添了几分现代气息。你告诉我们,这是你儿子的书房。儿子已经大学毕业,这几天正在筹备开办特种养殖场。他说父亲做的是"小刀手",他要做一篇"大学生回乡创业"的大文章。你半是嗔怪半是自豪地说,这孩子在外上了几天学,见的世面大了,心可野得很哩!

知道我们是来采风的,你抑制不住心中的激动,用乡音土调为我们演唱了一首自己创作的歌——

春风吹来百草青,改革带来幸福音。
拔掉穷根奔小康,如今日子甜到心。
吃水常想挖井人,世代不忘党恩情。

这是你的心声,这是你的喜悦!这更是广大中国农民的心声和喜悦!

离开你家那座小楼,走在广袤的田野上,放眼农村美丽富饶的景象,我们的心情久久不能平静。是啊,党的改革开放的好政策让多少"穷光蛋"式的农民脱贫致富获得了新生啊!

三轮车夫

从朋友家出来,天正下着雨,哗哗哗的,下得挺大,我没带雨伞,正站在楼梯口发愁。这时,恰巧有一辆三轮车从这里经过,便招手叫他停下来。三轮车夫把车子停到楼道边,从雨衣中伸出头来,叫我上车,并问到什么地方。我一看,好熟悉的一张脸,好熟悉的说话声——是小双子!他也认出了我,惊喜地喊道——啊,是你!老支书!顾不上多招呼,我钻进了他那张着雨篷的三轮车。小双子冒雨把车蹬得飞快。坐在车内,整个雨篷把我遮挡得严严实实,既打不到雨,也看不到外面,只听见雨水嘭嘭嘭地打在雨篷上的声音。

小双子是我曾供职过的剧团厂里的一名职工。他的父亲是剧团演员,退休后,他顶替父亲进了团。由于不会唱戏,只能进团办厂做工人。他有一个孪生姐姐,人称大双子,再上面还有三个姐姐,他最小,也是唯一的男孩。父母自然是非常宠爱,又有姐姐们护着,从小到大没吃过一点苦。就是上学成绩不好,也没有谁责怪过他,随他自由,只要他快乐。到了长身体的时候,却发现他个子矮,比同龄的孩子要矮一截。父母为了让他长高，每天买一只小公鸡给他补。补了几个月，身高未见长，却过早地发胖了，也只好顺其自然。不过，成人后，倒也不算太矮，家人们就都说，小公鸡没有白吃，那东西一时半会儿看不出效果，它是有后力长劲哩。

小双子在厂里先是做冲床工，后做班组长，最后做到车间主任。小双子舍得吃苦，做事认真。虽然因为文化不高，没有什么技术，做的都是苦脏累的工种，但他毫无怨言。加上他为人诚实，待人厚道，又乐于助人，车间里的人都很喜欢他，也很拥护他、支持他。在他做车间主任的那几年，车间连续被评为厂里的先进。那时我在剧团做党支部书记，也兼管着厂里的党务和职工的思想政治工作，关于小双子的情况，也常常听厂长们说起，厂里甚至还建议支部把他列为入党对象加以培养。后来我离开剧团调到另外一家文化单位任职。虽然偶尔也听人说起一点厂里的情况，但也已经无暇顾及了，对于小双子，也渐渐地淡忘了。就是后来听说厂里破产，也只是叹息了一番，并未产生多大的内心震动，更没有多去考虑那些也可以说曾是我同事的职工们今后的生计问题。

忽一日，我在办公室里正喝着茶、看着一份报纸时，小双子突然来找我。几年不见，小双子似乎老了许多，留在我印象中的那矮矮胖胖的小孩子似的形象已不见了，多了一点岁月的沧桑和艰难生活的痕迹。询问中得知，这几年结了婚，生了孩子，死了父亲和母亲，人生的大喜大悲可以说都经历过了，现在自己又遭遇下岗，失去工作。厄运接踵而至，磨难连续不断。从小就没有经历过什么曲折的小双子面对这样的人生打击，实在有些手足无措、支撑不住了。他变得黄黑、消瘦，头发也有些稀疏，加上原本就矮小，才三十多岁的人，竟有点像个小老头了。我的心中有一种酸楚的滋味，我甚至产生了一种愧疚的感觉，好像我应负什么责任似的。我离开那儿的时候，厂子还正常生产，效益还不错，怎么就这短短的三四年时间，竟弄成这样？一个原本让人感到很不错的小伙子竟变得这样窝囊？生活啊生活！

　　我问小双子有什么需要我帮助的。他不好意思地红着脸，吞吞吐吐地说出了他来找我的目的：他想踏三轮车，可证办不到，而不办证就是"野鸡车"，捉到要罚款。他想规规矩矩办个三轮车证，安心地踏三轮车，挣碗饭吃，请我帮他找找人。我很爽快地答应了他，并立即跟一个朋友联系。他千恩万谢，并提出要不要送点东西给那个帮忙的人。我说不要，办这点小事就要送礼，那不是拿刀杀人吗？这事包在我身上了。

　　没过几天，小双子的三轮车牌照我就给他办好了。从此，他开始蹬起了三轮车。每天早上天刚亮，他就上街，晚上十一点多钟，还不肯回去。有时生意好，会连续不断地踏个不停，有时也会好长时间等不到一个客。特别是晚上，坐在车上等客，夏热冬冷，蚊虫似锥，北风如刀，但不等到夜深人稀的时候，总不甘心早早地回去，生怕漏掉一个大生意。一天蹬下来，双腿疼痛，浑身无力。但好歹能赚到几十块钱一天，心中也就很满足，也就不觉得苦。而何况，不吃苦，哪里会来钱呢？老婆孩子谁养呢？天上没有钱掉下来啊！

　　在小双子踏三轮车的这几年里，我很少碰到他。偶尔有几次在路上遇到他，他都热情地招呼我坐他的车。记得第一次坐他的车，到目的地后，我给他钱，他死活不收。为两块钱，都弄得恨不得红了脸。后来，再遇到他时，我就反而不好意思上他的车了。想不到，在今天这个雨天里，在我急需要一辆三轮车时，他却与我不期而遇！

　　坐在小双子的三轮车上，耳听着哗哗的雨声和沙沙的车轮转动声，我想：自然界有多少风雨，人生就有多少苦难，可风雨也好，苦难也罢，都挡不住不停向前的生命之轮。

眼镜排档

"眼镜"姓王,叫什么名字不详。三十五六岁年纪,长得瘦瘦高高的,狭长脸,腰微弓,见人一脸笑,一副既憨厚又精明的模样。只因戴着一副眼镜,人们就以"眼镜"为绰号称呼他,久而久之,"眼镜"倒出了名。他索性将自己所开的一家排档也以"眼镜"名之,既有特色,叫起来也顺口。果然,没有要宣传,时间不长,"眼镜排档"的名声竟很响亮,生意红红火火。

眼镜原在一家集体企业工作,虽是普通工人,但凭着苦干、实干,年年获得厂里先进,两次被评为市级劳模,照片多次被张贴到厂门口的光荣榜上。企业改制后,眼镜也跟其他许多职工一样,进入了下岗行列。然而,他没有怨天尤人,主动自找出路。先是到饭店里去打杂,后学厨师,手艺学成后,在饭店里做了不到一年,就自己租了个门面,开起了排档。

"眼镜排档"能火,除了"眼镜"二字吸引人外,更主要的是他有几个特色菜。在这些特色菜中,首推的是"眼镜酸菜鱼"。这酸菜鱼,鱼嫩、汤鲜、味辣，很有特色。据眼镜本人说，为了做这酸菜鱼，他吃遍了小城各家大小饭店的酸菜鱼，一一比较，又到外地学习取经，回来后，制作出来自己品尝、请人品尝，光用于试验的鱼就买了几十斤。最后终于做出了让人吃了还想吃、个个都赞不绝口的酸菜鱼。此外，还有炒粉、炒螺蛳等，都各具风味，令食客一吃难舍。

我认识眼镜是在一个冬天的深夜。那天，我和几个同事一起在省城办事，到家时已是夜里十二点多钟，我们又饿又冷，就想找一家小饭店补充点热量。走了几条街都未找到，正失望地准备各自回家的时候，远远望见路边立着一个小灯箱，上面有"眼镜排档"四个字。我们一阵兴奋，急忙向那儿跑去。果然，有一家小饭店的门开着，灯亮着，一个戴着眼镜、系着围布的高个男人正坐在桌边抽烟，旁边的椅子上坐着一个女人，正在打瞌睡。街上除了我们外，没有一个行人，店里除了他们俩人，也没有别的顾客。我们走进去，问有没有吃的。戴眼镜的男人说："有有，请进来坐。"打瞌睡的女人也醒过来，急忙去收拾桌凳，拿来茶杯，给我们每人倒了一杯热茶。眼镜拿来菜单，问我们来点什么。我们也懒得点菜，只叫他将好吃的多上几个来。他就给我们做了酸菜鱼、炒粉、炒螺蛳等七八个菜。我们就着这些菜，喝了点白酒，肚子饱起来，身子热起来，话也多起来。虽然到了下半夜，却反而一点睡意也没有了。大家一致夸菜好吃，一结账，价格又很便宜，便都说以后还要再来。

以后，我们就经常来。有时单位来了客人，我们不去豪华酒店，也领他们到眼镜排档来。虽然环境差点，但客人吃了都说味道好极了，还说这才是地方特色，大饭店里都是一道汤，哪比得上这风味小吃，既可口，又实惠。每逢客人夸奖，眼镜便也神气起来。他一边吹他的菜如何如何好，一边拿了一个装了生啤的铝制水壶频频向客人敬酒，一干一大杯。客人们都很喜欢他这个既是老板又是伙计的人。只要来过一次，都留下很深印象，第二次来时，还要点名到他这儿来。

排档开了两年，手上有了几个钱，眼镜便想开了大心事，他想开一家大饭店，做个大老板。恰巧我所在的单位有一处房屋适合开饭店，他不知从哪儿听到的消息，想租下来。有一次我在他那儿吃饭，他跟我谈起他的计划，以及他想租房的想法。我跟他讲，开饭店与开排档可不是一回事啊，能把排档开好，不等于能开饭店，你要三思啊。眼镜笑笑，未置可否，只叫我帮忙。我知道，眼镜决心已定，他对自己是充满信心的。我便不好再说什么，只说到时看情况再说吧。后来，我们的房子因有别的用处，没有出租。眼镜就另外接手了一家饭店，重新装修了一下，时间不长就开张了。为了给他捧场，我们安排了一次活动到他新开的饭店。哪知，菜肴、服务都跟不上，不过三桌人，眼镜却跑上跑下，手忙脚乱。当着客人的面，我没有好说什么。但以后有好长时间，我都没有再去过。而不少在他饭店吃过的人，评价也都不高。眼镜以开排档的思路和手段开饭店，档次、菜肴、服务、管理都上不去，生意反而没有排档红火，而饭店的竞争力又太强。终于时间不长，眼镜就又将饭店转手让给了别人，不到两个月亏了上万元，也只好作罢，自己仍然经营着排档。他为自己不能认识自己，白白折腾了一番，苦吃了不少，反而蚀了钱而懊恼了好长一段时间。同时，通过这次教训，他也悟出了一个道理，人都是有所能又有所不能的，一定要认识自己，才能把握自己，才能发展自己，才能成就自己。

　　现在，眼镜排档仍然在开着，生意仍然很火爆。我们仍然经常去眼镜排档。除了原来的那几个招牌菜外，又创出了几个特色菜，而且一律冠之以"眼镜"。据说，眼镜为防假冒，还想申请"眼镜"系列特色菜的专利呢。

路口那盏灯

女儿自读高中后,每天晚上十点半才下自修。由于学校离家较远,中间又有一段沿河小路,灯暗人稀,故而,每晚我都要准时到沿河小路与街道的交叉口去接女儿。

就是在这样的晚上,就是在这交叉路口,我认识了一位卖水果的老大娘。

老大娘六十多岁,高高的个子,腰不驼,眼不花,说话声音亮亮的,见人一脸笑,花白的头发梳得整整齐齐,看上去身子骨很硬朗。既有生意人的精明、热情,又有长者的和善、慈祥。她坐在一张凳上,面前是一辆三轮车,车上装满了苹果、梨子、香蕉、哈密瓜、菠萝等水果,车龙头上挂着秤和红红绿绿的塑料方便袋。旁边的一根杆子上吊着一盏灯泡,那黄黄的光晕照耀着老大娘和她的水果摊。只要有人向水果摊走来,老大娘便急忙起身笑脸迎接,并询问人家想买什么,主动推荐应时果品,不管生意成不成,都笑脸迎,笑脸送。在价格、斤两上也不与顾客计较,能让则让,遇到少数太小气的顾客,老大娘当然也会说上几句,但从不伤人自尊，尽量把生意做成。没有顾客的时候，老大娘就坐在板凳上歇息，有时会从衣袋内摸出一根烟，用火点燃，不时吸上几口，那感觉，纯粹是一种享受。

我第一次遇见老大娘是在深秋的一个夜晚。那天有点阴冷，我像往常一样，来到交叉路口等女儿。因为穿着单薄的衣衫，也因为时间已差不多十一点钟了，女儿仍未接到，我站在那儿，又冷又急。这时，耳边突然传来一个声音："是等孩子的吧？来坐一坐吧！"我这才注意到这交叉路口多了一个水果摊，多了一盏明亮的灯，多了一位老大娘。我心中一暖，感激地点点头，正准备走过去坐一坐，这时远远看见女儿背着书包疾步走来，便迎上去接住女儿，然后与老大娘打了个招呼，和女儿一起回家。

从此，每天晚上我都在老大娘的水果摊旁等女儿。我坐在凳子上，一边等女儿到来，一边与老大娘拉家常。从老大娘的言谈中，我知道了老大娘的家庭情况，知道了老大娘那开朗、乐观的外表下一颗饱含辛酸和痛苦的心！老大娘的老伴瘫痪在床，儿子下岗失业，媳妇外出打工，一去不回，六岁的孙子正上幼儿园。一家老小就靠她这个水果摊。以前摆在比较繁华的大街上的，因城市管理，才搬到这个偏僻的岔路口的。生意比过去差多了。但有什么办法呢？儿子无用，又有个瘫子在家，媳妇可以跑，我撂不掉啊，不管怎样，总得要活下去啊！

老大娘说得很平静，可我的心中却有如针刺般的难受。我想不到一个年已六十多岁、本应享受幸福晚年的老大娘内心藏有这么多的苦、这么多的痛；我想不到这样一个普普通通的老人，这样一个不起眼的水果摊，却承受着这么沉重的生活压力！我的心灵为之震颤，我的眼中汪满泪水。我们的含辛茹苦、忍辱负重的母亲啊！

进入冬天了，天气冷下来了。然而，路口的那盏灯仍然在深夜的寒风中亮着。老大娘蜷缩在一件破旧的大衣内，头上裹着围巾，孤独地坚守着面前的水果摊。尽管一晚上有时都做不到一笔生意，但她仍然不肯早一点收摊回家，仍然要让那盏灯亮至半夜。每当我向那盏灯走去，每当我和女儿在那盏灯下会合，一股暖意就会流进我的心间。

我知道，那盏灯是老大娘生活的希望，只要那盏灯亮着，老大娘的心中就会充满阳光。

搓背工

随着小镇上老浴室的关门,搓背工老张也失业了。

打从二十岁起,老张就在小镇的老浴室里搓背。一直搓到六十岁,搓到老浴室关门,老张整整搓了有四十年。四十年,老张的一副身子骨差不多有一半时间都赤裸着泡在那冒着热气的黄浊的汤池里,由一个肌肉发达、膂力过人的青年小伙子逐渐变成了驼腰躬背、体力不支的老人。可以说,小镇上每个到老浴室洗过澡的男人,很少没有请他搓过背的。那时,小镇上只有这一家浴室,只有他这一个搓背工。人们吃过晚饭,喝过几杯老酒,到浴室里热水一泡,再请老张搓个背,躺在条椅上歇上一歇,与相熟的浴客聊上几句山海经,然后回家钻进被老婆焐得滚热的被窝里睡觉,实在是人生极大的享受。因而,小镇的男人大多很喜欢洗澡、搓背。从秋后开汤到初夏停业,小镇的老浴室就很忙,搓背的老张也很忙。

乡下的孩子冬天很少洗澡,大多只在过年前洗一次,而且很少到浴室去洗。都在家中烧上一大锅水,倒在一只木桶或大缸里,外面用塑料薄膜罩起来闷气，人钻进里面去洗。由于几个月没有洗澡，衣服脱下来，往往胳膊肘、腿弯、脖颈底下都有黑黑的污垢，如乌鱼皮一般。能到小镇上的浴室里去痛痛快快地洗个澡，把身上洗得干干净净、清清爽爽，对于乡下孩子来说，实在是一种奢望。我是到了十四五岁才第一次到小镇上的浴室里洗澡的。记得那是腊月二十五的下午，我跟爷爷一起到小镇上置办年货，东西买好后，爷爷将它寄放在一个熟人家，然后带上我来到浴室洗澡。进门是一个老虎灶，旁边有一张小桌子，桌子后面坐着一个老妇人在卖澡筹儿。买过澡筹儿向里走，经过一个挂着厚厚的黑色门帘的小门，就进到一个放满了长条躺椅的脱衣间，在那儿脱下衣裳，堆放在躺椅上，然后再向里走，推开一个装着弹簧自动关闭的潮湿湿的门，里面就是热气腾腾的浴池了。浴池不大，只十几平方米，分里外两个池子，外面的池子水温适中，供人在里面洗澡，里面的池子水很烫，上面盖着一个木格子，人可以坐在木格子上让蒸汽蒸，用毛巾烫脚丫，还可以睡在上面。我和爷爷在外面的池子里洗澡，爷爷叫我钻在水里，把身上的污垢泡开，然后帮我擦背。我因是第一次在许多陌生人面前赤裸着身子洗澡，还有些害羞，一直把身子埋在水里。这时，我看到靠近门口的池边上，有一个人手上缠着毛巾，正为一个平躺着的胖胖的男人擦背，擦得胳膊上青筋直暴，擦得头上、身上汗如雨下。擦好了一个，另一个人又叫他去擦，他也不休息，只是用毛巾把脸揩揩，到外面去透口气，喝口茶，就又回来接着擦。当时我还不知道他是专门的擦背工，我只觉得这个人这样不停地擦着，肯定很费力、很辛苦。我甚至不理解：那些洗澡的人为什么自己不擦背，这个人为什么不休息一会儿呢？

等到我长大后，并且在小镇上工作、成了小镇上的一名成员后，每到冬天我就经常到这座老浴室里来洗澡了。就是在我后来离开小镇以后，只要有机会，我仍然回到小镇的老浴室洗澡。而且，每次洗澡，我也都要请搓背的帮我搓背了。我知道了这个搓背工姓张，我还知道了他的一些具体情况：他至今孤身一人，没有结婚，不过他有一个相好的，就在浴室旁边不远，每天晚上，浴室放汤关门后，他就到那相好家去过夜。那相好的是一个寡妇，男人在一次车祸中丧生，留下两个孩子，大的七八岁，小的才四五岁，日子过得十分艰难。老张跟她搭上后，曾有人撮合他们结婚，女的倒很愿意，可不知什么原因，老张却死活不肯。人们就说他只想占便宜，不想承担责任，心术不正。他却像受了很大委屈似的，说：人家是街上人，我是乡下人，而且是一个穷擦背的，我不能连累人家。现在我有力气，也能挣几个钱，我可以帮帮她，等到她的子女都长大了，她的日子也好过了，不需要我了，我就可以离开。人们不理解他的这种想法，也说不通他的思想，就不再问他这些个人的事情，只偶尔拿他开开心，说说笑话。他也不生气，不管大人小孩，都照样跟你横来竖去，乐乐呵呵的。小小的浴池里，常常充满他那爽朗的笑声。

　　老张擦背的功夫非常好。不管是大人小孩，还是熟客生客，他都一视同仁，帮你擦得舒舒服服、干干净净、清清爽爽。他下手不轻不重、不缓不急，从你的额角、面颊到你的脖颈、肩膀，再到你的两臂、后背、胸脯，一直到大腿、脚跟，你身体的每一处他都帮你擦到，该重的地方重，该轻的地方轻，一点不会伤着皮肤。你可坐着让他擦，也可躺着让他搓。擦完了背，他会帮你敲肩，他敲肩的声音很响亮，很好听，很有节奏感。敲完了肩，他还为你拿板筋，不管你养得多胖，肉多结实，他都能拿到你的板筋，拿得你麻酥酥的，感到一种说不出的快乐。最后他会帮你全身上下都打上肥皂，然后用水一冲，这时，你会感到神清气爽，你会产生一种"快活似神仙"的感觉。

　　这几年，小镇上新开了多家浴城、休闲中心，老浴室渐渐地跟不上形势了。每年冬季开汤的几个月里，来老浴室洗澡的只剩下一些年纪大的老客，收入的钱还不够烧煤炭。加之地方偏僻、狭小，又无法发展，也无人投资，就干脆停业关门。有限的一点资产被出售后变卖了一点钱，正好打发了几个在浴室工作了几十年的老职工。搓背工老张因为是临时工，浴室开汤一天，他就来搓一天背，按搓背多少与浴室分成拿钱。浴室关门，他自然也就只得回家。有人曾介绍他到休闲中心去继续搓背，一来是他年纪已大，体力差，浴客不欢迎，二来是他也看不惯那些浴室的风气，只得作罢。他自己也自嘲说，已经六十岁出头了，也该"退休"了。小镇上凡是与老张相熟的人也都说，老张在浴室里苦了一辈子，确实该歇息了。

去年冬季的某一天，我又回到小镇。朋友请我到一家新开的浴城洗澡。我问起搓背工老张的情况，朋友告诉我，老张在老了以后做了新郎，跟那寡妇结了婚。那寡妇的儿子成绩不好，没有继续上学，老张就把搓背的手艺传给了他，现在外出打工去了，一年能寄回家上万块钱呢！

老张终于有了个圆满的归宿，又有了个得意的传人，真让人感到欣慰。

乡村"公家人"

在乡村里，有一些特殊的人，他们虽然居住在农村，但却基本不干农活，大忙的时候，别的老年人，哪怕是七八十岁的，都要到田里去帮着儿女干活，他们却可以很悠闲地拿着钓鱼竿、捧着茶杯，到河边去躲在树荫下钓鱼。而每到月末或月初，就会有邮递员来到门口，喊着拿汇款单，他或他的老婆就会拿着印章喜滋滋地出现在门口，按过印章，接过汇款单，看一看上面的数额，如果多了，就会自言自语地说一句："又加了！"然后高高兴兴地回家。

他们是家在乡村的城里的退休老工人。

这些退休老工人一般在年轻时就到了城里工作，户口也迁到了城里，但他们的老婆却在农村，孩子也在农村。这样的家庭，既不是纯粹的城市家庭，又不是纯粹的农村家庭。相对于在城里工作的男人来说，由于有乡下老婆孩子的拖累，他们始终生活在城市的边缘，面对喧嚣而繁华的城市，他们难以融入，心里总有一种抛之不去的乡下人的自卑；而相对于在农村劳动的妻儿来说，有人在城里挣钱，有人按月寄钱回来，却是他们的骄傲，在村人面前常常会自觉不自觉地流露出一种高人一等的优越感。而村里人也会既嫉妒又羡慕，把他们当作特殊人看待。到了退休了，他们从城里回来了，户口让孩子顶替了，他们又迁回农村了，成了农民了，但在人们的心目中，他们仍然是拿国家钱、吃国家饭，"旱涝保收"的"公家人"。

我们村里的袁二爹就是这样一个特殊的人。

袁二爹排行老二，年轻时"袁二"出名，老了后人们才在"袁二"后面加了个"爹"字，村里人大多不知他的大号。从泰城退休在家已经二十多年。猛一看外表完全是一个农民，皮肤粗糙、黝黑，额角上布满深深的皱纹，但言谈举止却留有城里人的烙印，特别是说话，一口泰城方言。我们说"吃（qi）饭"，他说"彻（che）饭"；我们说"哈（下）河口"，他说"哈湖口"，常常让人产生"听口音不是本地人"的疑惑。以前他家和我家相距较远，没什么交往，大约在三十年前，他家重新建房，搬到我家前面的一块空地上来了，从此成了邻居。他原本是一个瓦匠，经人介绍到泰城的一个建筑队做瓦工，后来成立建筑公司，他就转成了公司的正式职工，穿起了工作服，戴起了安全帽，按月拿起了工资，户口也迁到了城里，成了城市人。但因为家属在农村，又有两个孩子，城里也没有房子，加之家庭穷，上有老下有小，门口离不开，他就每天早上从家里骑自行车去公司上班，晚上下班再骑车回家。来去六七十里，十几年里几乎天天如此。后来公司分给他一间十多平方米的房子，这才使得他刮风下雨天不要再来回奔波。偶尔生产队里不忙，得了空闲，也把老婆孩子带到城里的房子里住上几天，过一过城里人的日子。

在公司里干的时间久了，成了老工人、老师傅了，公司就将袁二提拔成班长，有时让他负责一个小工程，有时让他负责某一个方面的工作，他的手上便也有了一点小权。村里人看到他常常运回来一些当时非常紧俏的物资，如钢材、水泥桁条、水泥门窗、钢窗等建房用的材料。而时间不长，他就拆除了原来那两间低矮破旧的草屋，建起了三间瓦房，那些弄回来的东西全都派上了用场。那时队里大多数人家还住的草房，只有很少几户人家是瓦房，或者半草半瓦的房子，楼房还没有在农村出现。可想而知，他的这座瓦房当时是怎样的让人眼热心羡甚至于心生嫉妒了。

　　袁二爹在五十五周岁时退休，由初中毕业的二儿子顶替去做了一名水电工。回家的那天，公司里给他戴了大红花，用专车将他送了回来，又是敲锣，又是放鞭炮，好像做了官衣锦还乡似的，让他在退休时大大风光了一回，以至于在退休多年后，还常常提起，引为终身的荣耀。

　　退休后，袁二爹就又成了一个农民。但是他很少到田里去干活，他的老婆也不要他去干活。在老婆的心中，他是一棵摇钱树，她的后半辈子全靠他。袁二爹每天就捧着茶缸，含着香烟，在家前屋后转转，到左右邻居坐坐，聊聊天阴天晴，扯扯家长里短。他的茶缸里有一半是茶叶，茶缸的内壁上满是褐色的茶垢，茶浓得发苦，一般人不能进口。香烟差不多一根接一根，食指和中指因常年夹着香烟被熏得焦黄。不过，他对茶和烟要求不高，只要有色、只要冒烟就行。虽然拿的工资也不少，但还是很节俭，舍不得浪费一分钱。村里的一些老人常常聚在一起扒点小麻将，输赢也不大，但他从不参加。除了好点烟、茶之外，袁二爹还爱好钓鱼。房子的西边有一条小河，里面杂鱼不少。隔三岔五，他就拿了钓竿，蹲到河边，不到半天工夫，就会钓到好几条甚至好几斤鱼，中午的餐桌上就会飘起鱼的香味。这时的袁二爹，就会拿出一瓶酒，坐在桌上一边自斟自饮，一边听着挂在门头上的广播匣子里唱的戏文，那种适意，那种快活，真有点赛神仙的味道。外面这时就是田里活儿再忙，也与他没有多大关系，他可是一个退休老工人，他理应享这福呢！

　　最让袁二爹感兴趣的事是看人家建房造屋。在袁二爹退休后的这二十多年中，乡村得到了很大的发展，农民的腰包有了钞票了，大多拆去了旧草房，盖起了瓦房或楼房。每当村里哪家盖房，袁二爹必到现场。他捧着茶杯，踱着方步，来到人家建房工地，东转转，西看看，主家见他来了，都很热情地与他打招呼，请他帮助参谋参谋。他很乐于为主家出谋划策，甚至还担当起了工程监理的角色。有的地方质量不达标，主家并不懂，经他一说，明白过来，就要匠人返工。次数一多，虽然为主家负了责，但匠人却不高兴了，看到他来犹如见到鬼，言语间常常发生碰撞。有一回包工头跟他较量起来，说你一个退了休的人，在家闲得没事做，来跟我们捣蛋，砸我们饭碗，你缺德不缺德？你有工资拿，我们也要混口饭吃哩！这样挨过几次骂，袁二爹也就不再多事。以后就是再到哪家的工地上去看看，也从不多言多语了。

在前后左右的邻居中，袁二爹比较喜欢到我家来玩，特别是我回家的时候，可以说每次必来。因为我也是在外工作拿工资的人，他觉得跟我有话可说，谈得来。有一段时间，国家实行工改，除机关事业单位加工资外，企业退休人员也加，而且加得还不少。每次我回去，袁二爹到我家来，都要跟我谈加工资的事，谈他能加多少，谈公司的领导还没有忘了他们，言语间很有一种满足感，幸福感。我也乐于跟他闲聊，常常两人坐在门口的大凳上，一边喝茶，一边聊天，直聊到月亮升上树梢。有时他也跟我谈他过去的经历，在公司里他的技术是如何的了得，别人解决不了的事情只有他能够解决，有一次砌一座几十米高的烟囱，到了最后谁也不敢上，只有他上去才将烟囱封了口，为此单位还评了他先进个人。"现在坐在家里拿这几个钱也不是容易的啊，都是当年流汗流血冒险拼出来的啊！"这是他常对我说的一句话。

今年春节我在家过年，正月初一上午，我没有看到袁二爹，下午我到他家去拜年。刚到门口，我就高声地喊了一声"二爹——"，这时他的老婆从前面厨房里出来，告诉我，二爹睡床上。我以为他忙过年忙累了，就没有打扰，说了几句恭贺新年的吉祥话，然后离开了他家。哪知春节上班后不到一个月,有一天遇到袁二爹的侄女婿,他们问我,袁二爹去世了,知道不知道?我一听,很吃惊,什么?袁二爹去世了?什么时候的事?他们告诉我,刚刚几天的事,是肺癌,春节期间就睡在床上不能起来了。我这才想起,怪不得春节下午去看他,他老婆说他睡在床上,原来已病重了啊!我真后悔没有去看他一下。

我为我们村里少了这样一个退休老工人、少了这样一个经常能跟我聊天的有趣的老人而感到难过。那种不管农忙农闲,捧着茶杯在田间地头优哉游哉地行走着的乡村风景以后是难得看到了。

行走的理发匠

姚四是个理发匠,在乡村理发已经几十年了。

姚四的所有理发工具都装在一个用白色围布包裹着的小木匣子里。每隔一段时间,他就夹着这个木匣子,在乡村里游走。靠着一双脚,他差不多走遍了方圆十几里以内的每一个村庄、每一户农家。从大人到小孩,没有谁不认识他的。只要看到一个夹着布包、弓腰低头的人向村子里走来,人们就知道是剪头的姚四来了。

姚四没有固定的店面,走到哪个村庄,如有人要理发,只要在村头树荫下或某户人家门口,搬张木凳当座椅,让理发的人坐在上面,然后解开包裹工具的白围布,扑打几下围到理发人的脖子上,将镗刀布往树杈或门搭子上一挂,再从木匣子里拿出刀、剪等工具,就可以理发了。刚开始可能只有一个人理,但不等一个人理完,"姚四来了"的消息很快就会在全庄上传开,于是陆陆续续地,就有一些人来到姚四的"临时理发店"等待理发。有男人,有女人,有大人,有小孩,小孩大多由女人牵着。有来理发的,也有来刮胡子的,还有来瞧热闹的。姚四一边理发,一边说笑，都是老熟人，口无忌讳，有时开一些很荤的玩笑，男人们自是笑得开心，女人们也不生气，有些侉的女人甚至会动手撕姚四的耳朵，每当这时，姚四就会叫起来：注意啊，我正在刮胡子啊！

小时候，我最怕理发，只要一听说姚四来了，就像听到鬼子进了庄一样，吓得四处躲藏。等到被妈妈捉出来硬按在凳子上让姚四理发时，我往往一边理，一边哭，很痛苦、很伤心的样子。记得那时好像是两怕：一是怕疼，剪子偶尔会夹头发，如果头不动，并不疼，如果头动，就会疼，而且动得越厉害就越疼。我越怕剪头，头就越动来动去，而越动来动去，就越容易夹到头发，也就会越疼。二是怕头发桩子掉到颈项里痒痒。就我的记忆，好像小孩子都怕理发，一见到理发的，就躲，就哭，好像不是要理发，而是要杀头。不少小孩子，因为理发，都要挨大人一顿揍。每每这样的时候，姚四不但要剃头，还要承担起哄孩子的角色。

姚四性格很好，跟每个人都谈得来，老少合伴。年轻时，姚四也是一表人才，个子瘦瘦高高的，五官端端正正。可长时间地弯腰低头理发，把他的一副好身材破坏了：他的背渐渐地弯曲，最后竟变成驼背了。而且由于他都是步行，从不骑车，眼睛总是向着路面，所以又形成了走路总是低着头的习惯。这使得他的背越发地驼得厉害。不少人干脆叫他"姚驼子"，顽皮的小孩子则喊他"刘罗锅"，他也不生气，有时还开玩笑说，刘罗锅做的是国家大事，我姚驼子做的也是"头等"大事，我们都是一家人。

姚四的"头上功夫"确实不错。他最拿手的是给乡村老人剃和尚头，就是将头发全部刮净。这可是一件看上去简单、做起来不易的"拿人"的活计，全是靠的手上功夫。首先要用推子把头发剪掉，然后再用热毛巾、肥皂沫将头皮发根泡得软软的，最后用剃刀刮。刮时既不能重，又不能轻，刀刃既要镗得快，下刮的角度又要把得好，既要将头发全部刮净，用手摸上去，像西瓜皮那样光滑，又不能划破一点点皮，要是哪儿划破了皮，流了血，剃头的人就会不高兴，甚至会不给钱，剃头匠也会感到丢了面子，不好意思，愧称师傅了。因为这是学徒的"半把手"才会出现的事。姚四剃的和尚头从没失过手，又清爽又光滑又舒服，老人们都喜欢找他剃。有时头发长老了，可姚四还没来，老人们宁可等，也不要其他理发匠剃。他们把姚四为他们理发当成一种享受。

除了剃和尚头，姚四扒耳朵也是一绝。现在理发店的一些年轻理发匠大多已经不会扒耳朵了，特别一些女孩子，他们可能理发、染发、做发的本领很高，但叫他们扒耳朵，却不会，或不敢。扒耳朵，既要大胆，又要心细，既凭眼看，又凭手感。农村人剪头，或者老年人剪头，剪好后都喜欢扒一扒耳朵，既清理了耳垢，又是一种享受。当耳扒伸到耳朵里，在里面探来探去，轻轻刮动，那种痒痒的、酥麻的，甚至还有点微疼的感觉，实在奇妙无比。当从耳道壁上扒下一块耳垢，然后用镊子镊出后，仿佛就像消灭了一个敌人一样，而耳朵立时就清爽了许多，听觉也似乎灵敏了许多。待到最后用耳刷在耳道里快速地捻动，清除散落在耳道里的垢屑时，则完全是一种神仙似的快乐了。姚四就凭着这样一手扒耳朵的本领，让凡是找他剃过头的人都一扒难忘。

姚四的理发属于上门服务，什么时间跑哪个村庄，哪些人的头老了要剃了，他的心中都有一本账。他还可以欠账，不少人家平时钱不就手，就到年底统一算账。正好春节前，人们都要理个发，收拾得清清爽爽过年，他也就趁着春节前来剪头的机会，一边剪头，一边收账。欠账的人也都规矩诚信，该多少把多少，姚四也大方，少个把头钱从不计较，就是少数人家春节前钱紧张，暂时不结账也没关系。这让姚四在方圆十几里的范围内赢得了很好的名声和人缘。平时理发，到了中饭期，不管到了哪家门口，人们都会留他吃饭。但他从不肯白吃人家饭，有时他自己带饭，有时他带米请人加工。村民们有了红白喜事，如有人去世了，"送三"的这一天要剪"七头"，或者有人家生养孩子了，"洗三"的这一天要为孩子剪胎毛，都主动去请姚四。每有这些事时，主家都会多包一些钱给姚四，还会给他香烟、留他吃饭。姚四也分外地认真，把活计做得让每个人都满意。

尽管姚四手艺不错，为人也好，但因为他工具简陋，设备落后，纯靠手工，在20世纪80年代后期以后，他就有点"老土"而跟不上形势的发展了，乡村的一些年轻人不肯给他理发了，特别是在发廊如雨后春笋般兴起，年轻男女们追求起时髦之后，姚四的"客户"就只剩下农村里的那些中老年人了。曾经他也想到小镇上去开一家理发店或发廊，也学会那些新玩意儿，但看到别的理发店或发廊里都是些红男绿女，自己一个半老头儿，谁会来找你？还是夹包在农村里做个行走着的理发匠吧，那些中老年人还是欢迎我的。好在这一个群体的人数量也多，又大多是老客户、老熟人、老朋友，姚四一年到头仍然忙个不停。

靠着一双脚在乡村行走，靠着一把刀为人们理发，风风雨雨几十年，姚四自己头发也花白了，也稀疏了，背也驼了，腰也弯了。但姚四却撑起了自己的家。他把自己结婚时居住的破旧的草房翻盖成了楼房，他把自己的两个孩子供上了大学。他用自己的手艺和辛劳创造了属于自己的幸福生活。

姚四，这个理发匠，也许是乡村里最后一个行走着的理发匠。

擦鞋女

小城里有一家粥店,经营得很红火,每天从早到晚,来喝粥的人很多。因为人气旺,带动了其他产业,别的不说,单擦鞋的在门口就排了一长溜。不少人喝过粥出来后,顺便将鞋擦一擦,既不耽误工夫,又不花费多少钱。俗话说,男人看脚,女人看头。一双皮鞋擦得油光锃亮,走到哪儿,都会给人一种洁净、清爽、洒脱的感觉。

有一天,我和朋友来粥店喝完粥,出门后正准备离开,这时一个擦鞋的女人喊住我们说:"先生,擦擦鞋吧!"朋友是个随和人,我的皮鞋也正要擦一擦,听到喊声,我们就转回头,在凳子上坐下擦鞋。

给我擦鞋的那个女人,三十多岁,身材瘦小,穿着一件蓝花短袖上衣,灰色裤子,膀子上套着白色护袖,皮肤略黑,面庞却端正秀气。头发稍稍染了一点黄,从耳鬓垂下几绺。身旁有一个三四岁的小男孩,趴在女人的大腿上,手拿一只烧饼在吃。我在她面前坐下来,将脚跷到擦鞋箱上,她抬眼对我莞尔一笑,然后就低下头专注地工作起来。她先为我的袜子插上挡片纸,再用布抹去鞋上的灰尘,然后将鞋油涂到鞋帮上,用鞋刷擦起来。她擦鞋的动作非常娴熟，一只手握着鞋刷轻轻地按在鞋面上，快速地来回摩擦，身体也随之抖动，耳鬓上垂着的几绺黄发也跟着晃动起来。一会儿工夫，蒙尘积垢的皮鞋就光亮如新了。

在女人擦鞋的过程中，那小男孩一会儿自己啃一口烧饼，一会儿将烧饼举到妈妈嘴边，妈妈正忙着，不肯吃，也没空吃，小男孩却一定要妈妈吃，女人就咬了一小口，然后叫孩子坐到一边的凳子上，说妈妈要擦鞋哩，宝宝要乖哩。

我跟女人闲聊起来：

"你是哪儿人啊？"

"湖北人。"

"带着小孩在外面干活很辛苦啊！"

"没办法啊。"

"孩子他爸呢？"

"也在外面打工。"

我没有再问下去，我也不知道再说些什么。一个人在外面擦皮鞋，本身就不容易，还带着孩子，怎么会不辛苦呢？有办法会这样吗？不打工又干什么呢？

以后每次到粥店喝粥，我都要擦一擦鞋，有时就是不喝粥，从粥店门口经过，只要有时间，我也会坐下来擦鞋。女人擦得很认真。因为熟悉了，交谈中就更多地知道了她的一些情况：她家在湖北的一个穷山村里，丈夫跟在一家建筑队后面做钢筋工，每年春节后出去，到年底才能回来。村里不少人在外面擦皮鞋，她也想出来擦鞋挣钱，本来孩子想交给婆婆带的，可婆婆年纪大了，身体又有病，地里还有农活要干，没办法，就将孩子带出来了。有一天夜里，孩子突然发烧，租住屋离医院又远，夜深了连一辆三轮车也没有，她只好背着孩子去医院，好在有住在一起的同伴帮助，不然真是叫天不应，叫地不灵。

女人一边擦鞋一边跟我闲聊的时候，手机响了起来。女人歉意地笑笑，停下手，接听手机。她跟对方说的完全是方言，我一句也听不懂，但看得出，女人说话的声音很温柔，语气中充满了对对方的关心。也许是她的丈夫，也许是她的家人，互相的牵挂，互相的问候，构成了艰难生活中的情感支撑、亲情关怀。我正这样想着，女人电话接好了，不好意思地对我说是孩子他爸的电话，我不肯买这手机的，他非得要我买，说有什么事情也好联系，相互之间也好说说话。我说出门在外，这是必需的，有它就方便多了。

我们说话的时候，孩子在不声不响地自个儿玩，把鞋油涂到了脸上。女人急忙夺下孩子手上的鞋油，骂了几句，拿了毛巾沾了水为孩子擦洗，擦了几下，未擦净，倒把脸上涂黑了。女人"扑哧"一声笑起来，说这下好了，像个小包公了。小男孩也咧开嘴，边笑边把头向妈妈的怀里钻。女人吓得叫起来，说把我衣服弄脏了，一把推过孩子，又怕孩子跌倒，急忙伸出手又将孩子拉住。看着她们娘儿俩亲热的样子，我的心中涌起一阵感动。

此后不久，我出了一趟差，加之其他的杂事，有两个多月时间未到粥店那儿去。后来有一次，几个朋友碰在一起，又到粥店喝粥，在粥店门口，那一排擦鞋的仍在那里忙碌着。我注意看了一下，那个跟我擦过多次鞋的女人已不在那儿。她去哪儿了？我忽然有点不放心，就问一个跟她一起擦鞋的小伙子。那小伙子告诉我，她的丈夫在建筑工地上从三层楼上掉下来摔伤了，十几天前，她就带着孩子去丈夫那儿了。

我愣了好长时间，心中默默地祈祷：但愿他们能够度过这个灾难，但愿他们的日子能够好起来。

冬天的夜晚

遇到梅，是在那个冬天的夜晚。那天，我回到故乡小城，天色已晚，街上行人稀少，路灯灰暗。我又冷又饿，远远看到十字路口，有一座用塑料布撑起的棚子，里面亮着一盏灯，知道是卖吃的，就走过去，遇到了梅。

——梅和丈夫在卖砂锅。

梅是我的邻居、同学，从小学一年级到高中毕业，我们都同校、同班。儿时的我们天真无邪，充满幻想，常常在夏日的夜晚无拘无束地躺在学校内的草坪上，仰望天上的星星，憧憬美好的未来。我说我想当一名教师，她说她要做一名医生，我们为各自的理想而陶醉。后来高中毕业，我考上了师范，总算圆了少年时代的梦，而她却因几分之差失去升学的机会，待业两年后进了一家工厂。

师范毕业后，我被分配到外地一所学校，远离了家乡。一晃十多年过去了，听说她嫁给了同厂的一名工人，因父母反对，很费了一番周折。这次回来，我原打算要到老同学处走走的，想不到在这冷清的街口，在这凛冽的寒风中意外地遇到了梅。

几分欣喜、几分尴尬。两双手握在一起，百感交集。

梅瘦了，老了，那一对漂亮的丹凤眼，已被细密的皱纹所包围。原来让人羡慕的白皙光润的皮肤，也变得粗糙而黝黑。她的丈夫也显苍老，俨然一个小摊贩的模样。看得出，这几年他们的日子过得并不轻松。

"工厂亏损，发不出工资，我们两人都下岗了，没办法，只好摆了这么个摊子。"梅的眼角闪烁着泪花，她拉我坐在凳子上，对我说。

我想说几句安慰的话，可竟不知说什么好。我知道，生活不相信眼泪，梅需要的不是同情。

渐渐地，梅又变得开朗和自信起来。她告诉我，刚开始摆摊那阵，还有些不好意思，总觉得低人一等。但再想想，与其把精力花在等待政府救济上，不如自找出路，靠天靠地最后还得靠自己。现在虽然苦一点，每天晚上都要到下半夜才能收摊，但收入是厂里的几倍。

梅说："现在政府对我们下岗人员给予了不少优惠政策，我们想等手上有一些本钱后，在这条小街上开一家饭店，还可以安排厂里的几个下岗姐妹来就业。刚刚下岗的时候，我们也痛苦过、彷徨过，可现在觉得，明天更美好。"

听着梅的话语，看着梅那被熊熊燃烧的炉火映照得红扑扑的脸庞，我一阵激动。我感到面对着我的是一个全新的梅。梅成熟了，真正成为一枝傲霜斗雪的红梅了。

在那个冬天的夜晚，在故乡小城，我吃着热腾腾的砂锅，和梅拉着家常，心里暖洋洋的。

一座城市和一个人

女儿放暑假了,我到泰州火车站去接女儿。因有空闲,我就带女儿到泰州城去玩。虽然泰州离我所居住的县城不远,我也常到泰州,但女儿却是第一次去,因而,在我眼中已经逐渐习以为常了的泰州的新城新景还是让女儿大为惊奇。我们漫步滨河广场,走过鼓楼大桥,流连凤城河风景区,饱览新区高楼大厦,一种移步换景、满目生辉的感觉让我也不禁激动了起来。女儿在省城读大学,看惯了大城市的风景,可泰州却给了她非常美好的印象。

在青年路上漫步时,遇到了一位老乡,他正领着她的女儿从一家商店里出来。在他们刚刚跨出店门而我和女儿正要跨进这家商店时,我们不期而遇。惊喜、互致问候、又互相介绍了自己的女儿后,他坚决邀请我到他家去做客。他说他家就在前面不远的盛和花园,刚刚装修好搬进去没一个月,难得遇见老乡,无论如何要去看一看、玩一玩。他还说,他的车就在路对面,开车过去,几分钟就到的。盛情难却,我也就恭敬不如从命了。

老乡近四十岁年纪,矮矮胖胖的身材,朴实敦厚,眉宇间满是诚挚的微笑。他是我老家的邻居。高中毕业后，未能考上大学，顶替他的父亲到泰州一家建筑公司工作，一晃已近二十年了。听老家人讲，他顶替进公司两三年后，公司就破产，而他也下岗失业了。在泰州只有父亲留下来的一间十几平方米的简陋宿舍。原本以为进了城，成了"城市户口"，鲤鱼跳了龙门，却不料陷入困境，只能靠打零工维持生计，找对象都成了问题。后来，好歹总算成了家，但工作一直没有着落。夫妻二人加上刚出生的孩子，小家庭日子过得紧巴巴的，有时不得不靠父母接济。可是最近这七八年，他们不一样了，据说办起了一家建筑装潢材料店，生意做得红红火火，成了小有名气的老板了。今日一见，果然名不虚传。

　　坐在他的小车上，我们很快就到了盛和花园。这是一个高品质的生态小区，一幢幢别墅楼、住宅楼错落有致、气派豪华，一处处亭台楼阁、小桥流水、假山绿地装点其间，可谓满园春色迷人眼，一方福地别有天。小车在一幢楼房前停下来，我们随着老乡进入三楼的一个单元内。真是好气派啊！一百三十多平方米的面积，装潢既简洁又大方，既华丽又高雅，可见主人的匠心和实力。

　　吃饭时，我和老乡一边喝酒，一边闲聊。原本老实木讷的他，变得精明而健谈。他告诉我，他之所以能有今天的发展，完全是因为遇上了泰州组建大市这样的机遇。刚到泰州时，那狭小的街道、破败的房屋，那不景气的企业和困窘的生活境遇，曾经让他灰心、失望，曾经让他想仍然回到他那还有土地可以依存的乡村。可是，他又不甘心回去，没脸面回去。他发誓不混出人样绝不回去。现在想来，脸面也好，发誓也罢，这都不是主要的，让他感到庆幸的，是这座城市的发展成就了他，是这座城市的发展改变了他的命运！

　　和女儿一起回家的路上，我想：十年，改变了一座城市，十年，也成就了一个人。虽然，城市是庞大的，一个人是渺小的。而泰州，这样一个古老而又年轻的、充满勃勃朝气的城市将会为多少人提供发展的空间和成功的机遇啊！

月色泡桐

每次回故里小镇看望我的岳父,都会从桐的门口经过。那是一个丁字形的连家店房,两间临街的门面,一边开着老虎灶,一边经营日用杂品。老虎灶后有一扇门,与里面的正房相通,房前有个不大的小院,长着一棵泡桐树,高大的树干伸出屋顶,在街上就可以看到那茂盛的枝枝叶片。

常常,我都会遇见桐。他不是在老虎灶上打水,就是在日杂柜上卖货,总是那样忙个不停。

看到我,桐会主动招呼:"回来了?"

"回来了。"

"进来坐坐?"

"不了,老人在等着我们呢。"

有时如果他正闲着,我也不忙,我们就会站在街边说上一会儿话,或进去坐上一坐。他的佝偻着腰的父母会给我倒来一杯茶,还会热情地留我吃饭。有时会冷不丁冒出一句感叹:

"还是你有出息！不简单！不简单！"

我跟桐是在恢复高考那年结识的朋友。他家在镇上，有着令人羡慕的"城市户口"，我家在乡下，纯粹的农民子弟。但我们却一点没有城乡的隔阂。桐长得一表人才，高高的个子，头发有点卷曲，用现在的话说就是一"帅哥"。相处时间不长，他就告诉了我身世。他的父亲是继父，继父还有一个女儿，当年母亲带着他嫁过来时就说好了两个孩子将来成亲的，现在他们成年了，父母就常跟他们唠叨这事。他从没想过会跟姐姐结婚。所以他很想能考上大学，离开这个家。可想不到第一年没能考上。

那天，桐约我到他家中去玩。桐跟我说，他要继续复习，明年再考。桐的父亲说，考它干什么？早点就业，供销社马上就招工，再不行，在家烧老虎灶，也照样有饭吃！桐的母亲说，考上大学毕竟不同，文化高了，将来出息大些。我也竭力鼓动他考，说要抓住机会，搏它一搏，改变自己的人生。

晚上，我被留在他们家吃饭，第一次喝了酒。桐搬了张桌子放在小院里的泡桐树下，我们一边喝酒，一边憧憬着未来。记得当时两人触景生情，还各以自己的名字对了个对子："桐在桐下喝酒，林入林中听风。"月光透过树叶的空隙，洒落下来，朦朦胧胧的，这个夜晚给我的美好印象几十年后还一直留在我的脑中。

第二年，桐考进了一所中专，学的是财务。两年后，被分配到外县一个单位做会计。尽管没有考上理想的大学，也算得偿所愿，离开了他从小生活的小镇，离开了他的那个家。

然而，离开却没能彻底逃离。在他工作一年后，还是在父母的逼迫、亲友的劝说下，回家与"姐姐"完了婚。

婚后，他也曾想跟姐姐好好培养感情，但因为性格上的差异，终究难以过到一起。经常，一个人兴冲冲回家，想要享受一点夫妻的温情，到头来反弄得心情很是糟糕，扫兴而回。后来，桐就有些害怕回来，以至于越来越不想回家了。而妻子又是个粗心的人,丈夫不回来她也无所谓,更不愿到丈夫单位去探亲。待到女儿出生后,她就更没有心思去多想丈夫的事情了。

直到有一天,法院来了人,告知他们桐在单位挪用公款赌博,已被逮捕,马上就要开庭审理。他们这才如遭晴天霹雳,一下子目瞪口呆。父亲、母亲和妻子去探视他,捶胸顿足,号啕大哭,问他为什么要这样?可桐闭口不说一句话。好在数额不算太大,家里帮他全部退赔,又找出人来打招呼,桐得以从轻发落,被判了很短的刑期。

桐出这样的事,我除了惋惜之外,想不通他怎么会变得这样,怎么会染上赌博恶习。以致后来他刑满回家,我与他再次坐在那棵泡桐树下喝酒,还不忘问他一句"到底为什么"。他叹口气,摇摇头,说:"一个长期孤身在外,婚姻上得不到半点温暖的人,你说他除了赌和嫖外,还能干什么呢?"

我无语。这恐怕是桐的父母始料未及的。要是他们听到儿子说这样的话又作何感想呢?

桐失去了工作,在家里烧起了老虎灶。这倒应了他继父当初所说的一句话:烧老虎灶也能吃饭。确实,桐烧了几年老虎灶,照样有饭吃。居住在小镇上,临街的店铺,就是他们永远的饭碗。尽管父亲偶尔也会发几句牢骚:当初就不该上这个大学,要是不出去,守在家里,也不会惹这个祸!桐听了也不说什么,只是默默地干活。谁叫自己不争气,让父母脸上无光呢?

然而跟妻子的感情却没能好起来。过去不在一起,两人磕磕碰碰还很难得,现在朝夕相守,相互间变得更加挑剔,有时为了一点小事也会争吵起来。因为女儿大了,也因为犯过错,桐尽量忍耐,让着她。有一次实在不像话了,桐动手打了她。这下子不得了,妻子在家里闹翻了天,一定要跟桐离婚。

离婚就离婚！桐也铁了心，像这样再过下去也没意思。不是因为她，自己也不会惹事。可他们想离，父母怎么会同意呢？父亲说，你们要离，除非我死！母亲说，这条街上有哪个像你们？放着好好的日子不过，难道非得弄出人命不可？

婚最终当然没有离成。两人还得就这样凑合着过下去。老虎灶仍然开，不过来冲水的人日渐稀少，一年也赚不到几个钱。只得利用门面的空地，增加了个经营项目，卖些锅碗瓢盆、桐油铁丝等日用杂品。父母年纪大了，妻子原本有工作，店里的一切都由桐打理。桐也本来就是一个肯吃苦、又精明的人。而自此以后，虽然两人还偶有磕碰，但倒也过得平平安安。

日子很慢，日子又很快。不经意间，十多年过去。

夏日的一天，我正在办公室上班。这时，有人敲门。我打开门一看，出现在门口的竟是桐！不过已经看不出一点当年那俏傥帅气的模样了，全然是一个小老头。头发稀疏，两鬓灰白，额头上一道道皱纹，衣服也穿得皱皱巴巴，脚上的一双皮鞋泥迹斑斑。也不过才五十几岁呀，怎么就把自己弄成了这样？

我赶紧请他坐下来，给他倒了一杯水。我问他，从哪儿来？有什么事？家里现在怎么样了？

他喝一口水，然后说："我在你办公室门外徘徊好长时间了，我在考虑要不要到你这儿来，最后决定还是来了。我的书连同电动三轮车都被你们执法大队的人扣走了……"

"什么书？什么电动三轮车？你不在家烧老虎灶、卖日杂品了？"我问。

桐长长地叹了一口气，说："你不知道，说来惭愧呀，我现在是一无所有了。父亲、母亲都去世了，妻子跟我也离了婚，老虎灶因为没生意早就停了，日杂店也被妻子租给了别人。我也没有劳保，靠什么生活呢？我先是收旧书报卖，后来发现旧书报里有一些书刊还可以看，而且废品收购店里多的是，论斤两卖，很便宜，就动起了卖旧书刊的念头。我就在街头摆了个摊子，想不到还真有人买，你知道现在书很贵，有些人又想看书，又舍不得到书店去买那十几、二十几块一本的新书。后来我就买了一辆电动三轮车，多进了些货，每天开着到城里、到各个镇上摆摊。今天在一条街上刚摆下来，就遇到了执法人员……"

原来是这样！

我想跟他说，没有书报刊零售许可证，擅自经营流动书摊，这是不允许的，要没收并罚款的。但我没有说。对于一个一无所有、只想混一口饭吃的人，说这些于心何忍？又有何用？

我问他："你的女儿呢？应该已经成家了吧？"

"女儿还不错，上了大学，考上了公务员，去年结了婚，女婿也不错……"他说。

"那就好，那就好……"我说。

"唉，我……我……愧对女儿呀！……"

"你还记得，我们一起在你家院子里那棵泡桐树下喝酒吗？"我问。

"记得，记得。"

"还记得我们对的那个对子吗？"

"记得，记得……可往事不堪回首啊！"

"那棵泡桐树还在吗？"

"在，在。不过镇上老街要拓宽，可能保不住了。"

"真想什么时候我们能在一个有月光的夜晚，再次坐在泡桐树下，喝上一杯酒啊……"

乡村唢呐声

父亲从乡下来城里看我,我陪父亲喝酒聊天,两人酒少话多,不知怎么说到了有成。父亲告诉我,有成这几年发了。

我为有成高兴。

有成姓赵,跟我同村,按辈分,我应该叫他叔,论年龄也比我大十几岁。年轻的时候,有成喜欢唱文娱,是村里的文艺骨干。他演什么像什么,活灵活现,最擅长的是演坏人。记得他演过一个"偷粮"的节目,那帽子歪戴、脸搽白粉、手拿布口袋鬼鬼祟祟的模样,至今仍记忆犹新。他还会吹一种叫唢呐的乐器,吹起来哇里哇啦的,嘴巴两边鼓得像塞了馒头。那时每个村都有宣传队,春节和农闲时候在田头、场头演出,很受群众欢迎。能够参加宣传队,那是一种光荣。对于我们这些小孩子来说,宣传队员是心中的偶像,而我那时最崇拜的就是有成。

有成从十几岁开始演文娱,一直演到二十五六岁。他既能扮演角色,又会吹拉乐器,还能编节目,不仅在本村,方圆几十里都很出名。他很少下地干活,就是大忙季节,双手也难得沾泥。别人在田里忙得汗流浃背，他却在树荫下悠闲地吹唢呐。但每年他的工分都跟大劳力靠，人们很羡慕，加之他个子又高，也算一表人才，追求他的姑娘可以说有一个排。东拣拣，西挑挑，觉得个个都不错，可只能娶一个呀，没办法，他只好抓阄儿似的选了一个。哪知结婚不到三天，女方就跑回了娘家。人们正在奇怪，忽然就传出有成人面蛇身的谣言来。

原来，有成患有一种皮肤病，身上有蛇鳞状的糙纹，很怕人。新婚之夜，新娘子一觉醒来开灯小解，猛见男人的两条大腿如蛇身横在床上，吓得惊叫一声，差点晕死过去。

怪不得有成从不穿短裤，从不下河洗澡，先前还以为是斯文呢，原来他有这个怪病！人们议论纷纷。那些没被他选中的姑娘原本心里还有些醋意的，现在反而庆幸自己免遭"荼毒"了。

跑了老婆，暴露了隐私，这对有成的打击实在太大了。他气得在家躺了半个月，人也瘦去一壳。曾经是人们心目中的"白马王子"，现在一下子变成了人见人怕的"臭狗屎"，他实在无法面对这样的现实。宣传队是再也不去了，唢呐也不吹了，田里的活儿又不愿干，也吃不了那个苦。但总得要找点事儿做做呀，就这样蹲在家里终究不是办法。可是他除了唱唱跳跳之外，又能做什么呢？没有手艺，没有力气，茶壶打掉光剩个嘴儿，名为有成，却是一事无成啊！渐渐地，有成心灰意懒，自暴自弃，成为村里的游手好闲之徒。人们由同情而生鄙夷，数落自家孩子时也都拿他作比，视他为二流子懒汉。

一年以后，有成突然失踪了，村里人谁也不知道他的去向。

那时，我已经离开家乡，出外求学。关于有成的失踪，我也是从家信中得知的，自然心中也惋惜一番。但我总有一种预感，有成不会就这样悄无声息地消失，以他的禀性，什么时候，他一定会回来，一定会风风光光地回来。

果然，几年以后，有成回来了，而且不是一个人，还携了他的婆娘和儿子。他的父母自然高兴,左邻右舍也都聚拢到他家问长问短,瞅几眼外地来的媳妇,抱一抱白胖胖的儿子,说一些恭维的好话。有成不停地给人敬烟、散糖,偶尔冒出几句普通话,俨然衣锦还乡的老板。媳妇长得白白净净,不算多漂亮,但身材苗条,端庄秀丽,说一口蛮话,村里人谁也听不懂,只好由有成充当翻译。儿子才三岁,却一点儿也不认生,小嘴巴甜得很,爷爷、奶奶的叫个不停,逗得人们开怀大笑。

　　人们最感兴趣的还是有成这几年的经历,以及媳妇是怎么得来的。可每有人问及,有成总是避而不谈,只约略地得知他这几年先后到过安徽、江西、湖北、四川等地,好像还在戏班子里打过杂、吹过唢呐、扮过角儿,那女的可能就是在戏班里搭上的。时间一长,人们也不再深究,只是偶尔互相谈起,总会感叹一句,有成这小子,家里的媳妇跑了,竟然从外面带回来一个,还养了儿子,既不花钱又不花钞,到底是唱文娱的,滑哩!啧啧!

　　日子如流水般无声无息,农民的生活总是过得平平淡淡。分田到户后,各家在各自的土地上日出而作、日入而息,谁也懒得管谁的闲事。从小就没种过几天田的有成,觉得在土坷垃里刨食实在没什么出息,总想赚点大钱、巧钱。他贩过砖瓦,养过鸡鸭,也开过小商店,但因经营不善,运气不佳,都未有什么收获,反而驮了一身债。唯一实实在在的收获是他的婆娘又为他生了一对双胞胎。添丁加口固是喜事,但对他过得紧巴巴的日子来说却是雪上加霜。

　　岁月蹉跎,一转眼,十几年也就过去了。

　　有一日,有成突然来城里找我,说他准备组织一个铜管乐队,专门吹死人。我觉得这倒是一个生财的好门道,也能发挥他的一技之长,就竭力支持他搞。没有本钱买乐器,我毫不犹豫地解囊相助。不久,乐队搞起来了,他打电话来请我回去听他们演奏,我正好也要回家一趟,就如约而至。乐队以他的名字命名,叫"有成乐队",由五六个人组成,他吹唢呐，老婆敲鼓，儿子也学会了吹号，还有几个人都各吹号、管。演奏了几个曲子，因水平参差不齐，效果并不理想。我说了几句鼓励的话，对于能否吹好，心中并无把握。想不到，仅几年时间他倒真的就吹火了、吹发了。赵有成，真的"有成"了。

父亲一边喝酒，一边大发感慨。都说有成从小是个玩角儿，这一世难有发达，看，他这不是发了？三百六十行，行行出状元，他有一技之长，就不愁没饭吃，光死做，花呆力，有什么用？不能把人看死哩！

我的耳边又响起有成的唢呐声。那声音凄切苍凉，吹尽人生的辛酸和苦难；那声音又高亢嘹亮，吹尽人生的得意与欢乐！